# 父とふたりのローマ

日野（ひの）多香子（たかこ） 著
内田新哉（うちだしんや） 絵

# もくじ

# 第1章　初めてのひとり旅

「隆之（たかゆき）、ねむいか？」

小さな声が聞こえる。隆之（たかゆき）は、はっと目をあけた。

真っ暗だ。高い天井（てんじょう）に、窓（まど）からさしこんでくる街の明かりが映（うつ）って揺（ゆ）れている。

「大丈夫（だいじょうぶ）だよ」

隆之（たかゆき）はベッドから起き上がり、大きな声で言った。

カチッと小さな音がして、部屋がぱあっと明るくなった。まぶしい。目を細めながら見まわすと、入り口に、背（せ）の高い父が立っているのが見えた。

「今、何時？」

目をこすりながら、隆之（たかゆき）は聞いてみた。

「こちらの時間では、夜の十一時を過ぎたところ。日本だと朝の七時過ぎだ。……あれからずっとねむってたのか？」

「たぶんね」

小さな声で言った。

「それはよかった。これから、店の主人一家と、サンピエトロ寺院に行くところだ。いっしょに来るか？」

「サンピエトロ寺院？」

「世界で一番大きな教会だよ。今夜はそこで、真夜中のクリスマスのミサがおこなわれるんだ」

「行ってみようかな？」

隆之（たかゆき）は起き上がった。今夜はクリスマスイブだったことを思い出した。ここに来る前に立ち寄（よ）った、父が働くレストランの様子（ようす）がちらとよぎった。

（あそこの家族と出かけるんだな。どんな人たちだろう）

手早く着がえをすませると、部屋のある４階から下までエレベーターでおりて、外に出た。

明るい。両側の歩道に並んだ立木から、広い道を架け橋のようにしてとりつけられた無数の豆電球に、明かりがともっていた。隆之が、みとれていると、

「クリスマスのイルミネーションだよ」

父が振り向いた。まぶしい。あわてて目をそらす隆之の耳に、父のことばが続いた。

「ローマでは、十二月にはいると、どの通りも、さまざまなイルミネーションで飾られる。流れ星、トナカイ……、サンタクロースが袋をしょっているのなんかも、見たことがあったな」

隆之は父と並んでゆっくり歩きはじめた。まるで、光のトンネルが続いているようだ。久しぶりに会った父と今こうして歩いていると、ふと夢の中にいるような気がした。しかし、一方に、夕方空港であったときに感じたこと。父がとても遠い人になってしまっているような感じも続いている。おかしな気持ちのまま、歩き続けた。

シャッターがおりてしんとしたレストランの前に、四人の人がいた。

「店のご主人のステファーノさん。奥さんのレオノーラおばさん。息子のマルコくんと、

娘のルナちゃんだ」

父が紹介してくれた。ステファーノさんは父と同じように背が高かった。隆之が勇気を出して、「こんばんは」と言うと、「チャオ」明るい笑顔といっしょに、手をさしのべてくれた。なんともいえないあたたかな感じ。でも、おじさんの声はなぜか小さい。

レオノーラおばさんは、丸顔でやさしい人。

「チャオ、タカユキ」

名前をきちんと言って、同じように手をさしのべた。

マルコは隆之より少し年下だろうか？　照れたように、おばさんの後ろで笑っている。ルナちゃんは隆之の妹の由佳くらい、小学校の2年生あたりだろうか。はねるようにしながら、「チャオ」と、大きな声で言った。

「教会までは地下鉄で行くんだよ」

父に言われ、隆之は歩きだした。地下鉄のホームにはいると、ステファーノさんが隆之のすぐ後ろを歩いてくれた。気がつくと、周りは見たこともない大きな人ばかり。ステファーノおじさんが壁になって、その人たちから隆之を守ってくれているようだ。おじさんにうながされて、人の少ない、ホームの後ろのほうに行く。

乗りこんだ地下鉄の中はすいていた。隆之は父と並んで腰を下ろした。

今朝からのことが思い浮かぶ。

朝、暗いうちに家を出て、隆之は母と成田空港まで来た。まだ、地図でしか知らないイタリアのローマまで、たったひとりで出かけて行くためだった。十二月二十四日から、来年一月一日までの九日間の旅。母と離婚してアパートでひとり暮らしをしていた父と、一年ぶりに会える旅でもあった。

(おとうさんのこと、僕はどう考えればいいんだよ)

わからなかった。ただ、何が何でも、日本に帰ってほしいとは思っていた。

(とにかく僕は言うぞ。『もう、放さないよっ!』って)

久しぶりにたずねていった古い木造のアパートがからっぽだった、あのときの驚きがよみがえる。あの瞬間、隆之は、父と自分との距離がさらに離れてしまったような気がした。それをとにかく縮めたい。そのために行くのだ。隆之はかなりいきごんでいた。

空港は混んでいて、大きな荷物を持った人たちでごったがえしていた。アメリカ、シドニー、マドリードなど、ニュースでしか知らなかった国や都市の名があちこちに見えた。

隆之は、広い世界にたったひとりで乗りこんでいくようで、とても緊張していた。でも、そのことを、母には気づかれないようにした。母も、隆之をひとりで外国に出すことが心配なのは、わかっていたからだ。

「僕、絶対におとうさんをつれてくる。だから安心して待っていいよ」

出国ロビーからひとりで出ていくとき、隆之は母に言った。母は黙ってうなずいたが、

「でもね、おとうさんには無理にもどれなんて言わないのよ。あの人、向こうで何か仕事始めたらしいから」

と、そっけなく言った。

「仕事ってどんな?」

「行けばわかるわ」

それ以上、母は何も言ってくれなかった。

「きっと、帰ってくるよ。だってぼくの、僕のおとうさんなんだから」

隆之は自分を励ますように言う。

母は黙ったままだった。

出国ロビーを出てゲートまで行くと、目の前に、ジェット機がとまっていた。飛行機に

乗るのが初めての隆之には、大きなビルディングのようだった。これに乗って地球の裏側の国に行くなんてとんでもないことに思えた。しかし、乗り込んで座席につくと、そこは、これから十数時間、隆之の身の安全を保証してくれる、頼もしい場所にかわった。飛びたってしばらくたったとき、高度一万メートルという表示が、機内のスクリーンに出た。富士山より高い位置にいることが、スリリングだった。

　飛行機は、十時間あまりをかけていくつかの国の上空を通過し、アルプスにさしかかった。どこまでも続く高い峰々は、真っ白に雪をかぶっている。その、白くきりたった峰の上を通り過ぎると、いよいよ父がいるイタリアだ。はるか下に小さく見える家や畑を、隆之はしっかり見ておこうと思った。

　飛行機は、一度ミラノという大きな都市で降りたが、まもなくふたたび飛び立ち、約一時間後、首都ローマの空港に着陸した。イタリアの時刻で午後五時半過ぎ。飛行機の窓から見える外はもう真っ暗だった。八時間の時差だから、日本はすでに、夜中の一時半を過ぎているはずだ。

「いよいよだな」

　隆之はつぶやいた。一年ぶりで父に会える。しかも、こんな遠い異国で。なんてスリリングなのだろう。

荷台から、大きなリュックを受け取ると、隆之は、出口をめざした。

心臓の鼓動が早くなった。

まわりには、背の高い人ばかり。髪や肌の色もさまざまだった。まったく聞いたことのないことばが、あたりを飛びかう。あちこちずいぶん迷ったあげく、やっと出口を見つけた。長い行列に並んで、パスポートのチェックを受けたあと、やっと外に出ることができた。

父の姿が見えた。懐かしく大きな姿だ。厚手で紺色のダウンジャケットを着ている。

「おとうさーん！」

呼びかけたつもりだった。でも、声がかすれて出てこない。

父が、隆之に気づいてくれた。おおまたで、近づいてくると、

「よく来たな」と、隆之の肩をかかえこむようにした。

元気そうだ。それに、ここしばらく、仕事もないまま、アパートでしょんぼりしていた父より生き生きとみえた。一方に知らない人に会っているような気も、ちらとした。

父は、隆之の背中からリュックをおろし、自分の左肩にかけた。

「こんでた？　飛行機」

「いっぱいだったよ」

懸命に言った。

「ぼく窓側の席だったでしょ。おしっこにいくとき、ちょっとこまった」

父が笑いだした。幼い頃からよく知っている、あたたかな感じの笑顔。隆之はふっと気が楽になった。

「元気だったんだね。……、よかったよ」

父は隆之の肩を抱き寄せたまま歩きだした。

「一年ぶりだよ。一年。……おとうさんその間、何やってたんだよ」

抗議するように父をにらんだ。今、ローマで何をして暮らしているのかも、早く知りたかった。

隆之は、父の手首をぎゅっとにぎった。

父がじっと隆之を見つめた。

「夏の終わりに、おとうさんからバースデーカードが届いたときは『しめた！』と思った。もうすぐ、日本にもどるつもりだなって」

父は、黙ったまま肩をすぼめた。

「で、おかあさんと由佳はどうしてる?」

「ふたりとも元気だよ。あっ、そうそう、これ」

隆之は、ジャンパーの内ポケットから、妹の由佳からあずかってきた手紙をとりだした。

「おっ、手紙が書けるようになったんだ。……あとでゆっくり読もう」

父は、手紙を大事そうにポケットにしまった。隆之はふっと、出がけの由佳のことばを思い出す。

「いいな、いいな。おにいちゃんだけおとうさんに会えるなんてずるいよ」

「おとうさんが、今回は僕ひとりででっていってきてるんだ。それに、僕らふたりとも出かけてしまったら、おかあさんひとりで、さびしいと思うよ」

「それもそうだね」

由佳らしくきびきびした口調で言い、

「それに、私だって、じきおとうさんに会えるんだから。おにいちゃん、おとうさんを迎えにいくんだものね」

(ほんとに、そうなればいいんだけど)

一瞬ちらっとだけど、疑問がわいた。

それをうち消すように、

「もっちろん」

と、隆之はわざとおどけ、見送りに来るという母と、家を出てきたのだった。

父といっしょに歩きだしながら、隆之は、父がいなくなってからのできごとを、いろいろとしゃべった。

市の病院で、栄養士の仕事をしている母が、あいかわらず忙しいこと。それでも、運動会や授業参観のときには、なんとか都合をつけて来てくれること。由佳は、一時あまりしゃべらなくなって心配したけど、近頃は元気にとびまわっていること。隆之は、いいかげんにしていたサッカーの練習を、また本気で始めたこと。

「そうか。いろんなことがあったんだね。おかあさんは、管理栄養士の資格、とうとうとったか。で、おまえはそろそろ中学生。由佳も二年生なんだ……」

父が、ぼそぼそと言った。

ローマ空港から電車に乗り、およそ一時間で、終着駅のローマに着いた。そこで地下鉄に乗りかえて、ふたりはバルベリーニという駅で降りた。階段をのぼり地上に出ると、真っ先に広場の噴水（ふんすい）が目にとまった。

「トリトーネの噴水（ふんすい）だよ。ほら、噴水（ふんすい）の真ん中で水を吹き（ふ）あげている男の像が見えるだろう。あれが海の神様、トリトーネ」

父が教えてくれた。よく見ると、男の下半身は魚だった。

「かわった神様だなあ」

隆之（たかゆき）はみとれた。

そこから細めの路地（ろじ）をはいると、まもなくレストランがあった。高いビルの一階。クリーム色の壁（かべ）に、こげ茶色の木のとびらがついていた。とびらの上に書かれている文字を、

「ダ・マルティーニ」

父が読んで、

「マルティーニというのは人の名前だよ。ここはトラトリアといって、レストランより、庶民的な店になるんだ」

と、説明してくれた。

はいってすぐのところに、大きな生簀（いけす）があって、魚がたくさん泳いでいた。

（ここで、晩（ばん）ご飯食べるつもりかな？）

トリトーネの泉

隆之は思った。しかし、トイレに行ったとばかり思っていた父はなかなかもどらない。ようやく出てきたときには、白い帽子に白い服のコックのかっこうだった。わけがわからずに見つめている隆之に、父はうれしそうに言った。

「おまえのために、おとうさん、腕によりをかけて焼いたんだ」

そうして、焼きたてのピッツァと、コップにはいった水とをテーブルに置いた。

（おとうさん、ここで何やってるんだ？）

わけがわからずに、隆之はお皿と父を見くらべた。

「さめないうちに、食べなさい」

父はそれだけ言うと、忙しそうにキッチンにもどっていく。そのときになって隆之はようやく気がついた。父がここでコックさんになって働いていることに。

（へんだ。どう考えてもイメージが違うよ）

隆之は首を横に振りつづけた。

以前、父が勤めていたのは、コンピューターのソフトをつくる会社だった。少年の頃から、パソコンを扱うことが好きだった父は、大学を出てまもなく、友だちと、その会社を立ちあげた。そこで次々に、新しい製品をつくっては、市場に送りだしはじめた。そんな父が、隆之にはほこりだった。

（コック？　おとうさんが……）

あまりにも思いがけないことに驚き、（なんか、イメージがちがいすぎるよ）と、すぐには信じられない気持ちだ。

（そうか。これがたぶんおとうさんの新しい仕事だったんだ）

成田空港での母のことばを思い出した。

思い直して、ゆっくり食べはじめた。新鮮なトマトと、バジリコの香りがした。皮がパリパリっとして、日本では食べたことのない味だった。

ピツァのお皿がすっかりからになっても、父はもどってこなかった。隆之は気が気ではなかった。何度も店の中を見まわした。

店の真ん中には大きなクリスマスツリーがあって、さっきからチカチカと豆電球を点滅させていた。テーブルは十脚あまりあったが、お客はまばらだ。まだ夜の七時を過ぎたばかり、時間が早いせいかもしれない。ウェイターの人が三人いて、注文をとったり料理をはこんだりしている。

まわりの壁には、花やお城をかいた絵皿がいっぱいかけられ、たなにはずらっとワイン。

そうして、とびかうのは、初めて聞くイタリアのことばだ。

午後八時頃、やっと父がキッチンから出てきた。そして、ここに来てからずっと住んでいるという、近くのアパートにつれていってくれた。

「時差になれるためには、辛抱して起きているほうがいいんだが、でも、ねむかったら寝てなさい。おとうさん、もう一仕事してくるからね」

隆之がベッドに横になると、父が、毛布をそっとかけてくれた。すぐに隆之はねむってしまった。

# 第2章　父が消えた

二年近く前に、父は突然会社をやめた。というより、やめなければならなくなったらしい。

その少し前から、父はコンピューターのプログラマーとしての力に限界を感じはじめていた。そんなあるとき、父がつくったソフトが失敗作で、会社に大きな損害をあたえた。父は大きな責任を感じて、結局やめることになったのだという。

いっしょに会社を立ち上げた友人たちは、初め、やめることに大反対した。しかし、父の決心は揺るがなかった。隆之が、四年生を終える少し前のことだった。

そのあと父は、ひとりでもくもくと、新しい仕事をさがしはじめた。そうして、二か月後、ようやく仕事を見つけた。これまで、手がけたことのない経理関係の仕事だったらしい。しかし、その仕事はわずか数か月でやめてしまった。どうしてもなじむことができなかったという。

「おとうさんて、ほら、ずっとコンピューター一筋の人だったでしょう。ほかの仕事には、どうしても興味がもてないらしいのよ」

あの頃母は、そう言ってため息をついた。

もともとあまりしゃべらなかった父は、その頃からさらに無口になり、やがて、母とも離婚してしまった。そうしてひとりだけ、家から歩いて二十分ほどのところにある、古い木造のアパートに引っ越していった。隆之が五年生になってまもなくだった。

両親の離婚について、隆之は詳しいことはわからない。しかし、コンピューターに夢中になった父がやがて、家族とも気持ちが離れ、まるで機械の家来のようになってしまったらしいことは想像できた。

「おとうさんと話をしても、機械と話をしているようでね……。何もかもが計算ずくめ。すっかりかわってしまった！」

あの頃、母がよくぼやいていたのを隆之は思い出す。

父が機械のように？　このことは隆之にも理解できた。寝ても覚めてもパソコンばかり。その頃には、ほとんど一日中、部屋にこもってパソコンを操作するようになってしまっていたからだ。

アパートでひとり暮らしを始めた父が一体何をしていたのかわからない。ただ、いつ出かけても、隆之の話すことにはうわの空のような反応しかもどってこなくなった。そんな父に隆之の気持ちは離れ、そのうちにアパートにも行かなくなった。アパートのうす暗い部屋で無口な父と向きあうより、広い校庭でサッカーボールをけっているほうが楽しかった。

その父があるとき突然に消えた。隆之が、五年生の二学期をおえる少し前、クリスマスが近いせいか町には、ジングルベルのメロディーがあふれている頃だった。

その日隆之が行ってみると、アパートの中はもぬけのから。びっくりした。しかも、一週間たっても二週間が過ぎても、父の行方はわからなかった。

心配が不安にかわり、その不安は隆之の心の中で、大きく育っていった。

「どこに行っちゃったんだ？　せめて行き先くらい、言ってくれたって……」

姿の見えない父に隆之は毒づいた。

父を心のどこかで頼り、支えにしていたことに、このとき初めて気づいた。

重心をなくしたたこのようになって、隆之はあちこちさまようようになった。それまで打ちこんでいたサッカーの練習にも集中できなくなったばかりか、ずっと、会長を務めていた児童会の仕事もうわの空だった。だから、赤十字に寄付するために集めたお金の扱いは、ほとんど副会長のミサちゃんにまかせた。ミサちゃんは、

「ほんと、頼りにならないんだから」

と顔をしかめた。

一方、隆之にはわかっていた。母が、ひそかにあちこちと連絡をとり、父の行方をさがしていることを。

そのような日々の中で、やがて隆之は六年生になった。ところが、夏休みまであと少しという時に、隆之はポストの中に、ぐうぜん父からのカードを見つけた。それはごく遠慮がちにポストの奥にあった。

(おとうさんから、僕あてじゃないか！　おっ、バースデーカードだ！　よかったよ)

隆之は張り切って封をあけた。でも、それは海外からの航空便だとわかっただけだった。

古いお城のような建物と、その上の真っ青な空。隆之にはなじめない異国の感じがした。ことばだって、「隆之、十二歳の誕生日おめでとう。がんばるんだよ」それだけだった。それでも隆之は、それを母と由佳に見せたあと、大切なものをしまう机の引き出しの一番おくにしまった。

その後も、父の行方を知る手がかりはなく、隆之は落ち着かないおもいで日々を過ごした。

そんな隆之に父から分厚い手紙が届いたのはつい二週間前。期待に胸をときめかせて、航空便の封をあけた。

手紙はパソコンではなく父にしては珍しく手書きだった。真っ白で、大きな四角い便せん。そこに父はいつもの角ばった字でこんなことを書いていた。

「突然行方をくらましてしまって申し訳なかった。あのあと、バースデーカードを送ったが、差し出した国も場所も書いていない手紙は、さぞや頼りなかったことだろう。ごめんね。

おとうさんはもう逃げも隠れもしないよ。今いるところはイタリアのローマにある、バルベリーニ広場の近くのアパート」

「ローマにいるのか」

読みかけの便せんを片手に隆之はつぶやいた。思いがけない気持ちの一方に、あの父ならそんなに不思議じゃないぞといった、変に納得した気持ちもあった。

（でも、そこで一体、何をしているんだろう）

食いつくように、隆之は便せんの文字を追っていく。

「この広場の近くにあるお店でおとうさんは働いています。この先も打ちこめそうな仕事です。何をしているかって？　それは次に君に会うときの楽しみということにしようよ。ということで、この正月休み、君はひとりでローマまで来ないか？　なあに飛行機に乗れば一っ飛び。空港まではおとうさん、迎えにいきます。大丈夫。何も心配はいらないよ。君の役目はあの心配性のおかあさんを説き伏せてくれること。大丈夫だよと自信をもって言ってくれることだ。由佳もいっしょにと思ったけど、まだ小さいし、つれてくる君も大変だろう。とりあえず、ひとりでいらっしゃい。よい返事をもらえることを期待します。それからおかあさんには私から、これとはべつにお願いの手紙を出します。いろいろ勝手をしてと叱られそうですが、これが、こちらで君に会う一番いい方法だと信じます。

こちらに来てからの君のことは私が責任をもつつもりなので、安心して出ておいで。おかあさんや由佳にもよろしく伝えてください」

（ローマにいたのか。よかったよ）

手紙をもったまま、隆之はしばらくぼおっとしていたが、

「僕、ローマに行く。ひとりで絶対大丈夫」

少しあとでそうつぶやいていた。

「だって中高生が修学旅行で海外に行く時代じゃないか。行った先にはおとうさんだっているんだし」

出かけていけば、向こうではおとうさんが出迎えてくれる。このことが、隆之の心の支えになった。十時間あまりと聞いている空の旅にも興味があった。

（とにかく早く飛行機に乗りたいよ。心配性じゃないおかあさんがほしいな）

母がイエスというか、ノーというか、今はこのことが大きな関門という気がした。

「おとうさんがローマに！」

やはり母はかなり驚いた様子だった。しかし、「ひとりで行きたい」という隆之の願いはすんなりみとめてくれた。

「おまえにも、おとうさんの放浪癖、移ったのかな」

その夜、家族三人で囲んだ食卓で、母は珍しく明るくおしゃべりだった。

「おとうさんてね、学生時代は結構楽しい人だったのよ」

そこで母はこんな話をしてくれた。

「おとうさんは大学でも、コンピュータークラブをつくって、仲間の人たちと熱中してた。でも、友だちに勧められて、私がいたサイクリングクラブにはいってきたの。そこで、あるとき、みんなで、サイクリングで、陣笠山の山小屋に出かけてね、みな大いにもりあがっていた。ところが夜になってから、ひとりだけ行方不明になってしまった人がいたことに気がついた。だれだと思う?」

「おとうさん?」

由佳が首を傾げる。

「そうなのよ。遅くなってももどらないから、みなで心配して、手分けしてさがした。でも、暗いし何もわからないでしょ、あきらめてその晩は寝て……そしたらあくる朝早く、ひょっこり帰ってきて言うのよ。『夕日があんまりきれいだったから、追いかけていくうちに迷子になってしまった』って」

「ロマンチストだったんだねえ」

由佳が言う。

「そうなのよ。コンピューターという、超現代的な機械の仕事をしている反面、そんな夢を追いかけるようなところもあって」

母はそう言って、ほほ笑んだ。

夢を追う父、それはここしばらくの間に隆之が見ていた父とはかけはなれていた。家にもどるとそそくさと部屋にこもり、コンピューターだけを友だちにしていた父、仕事でしくじって、額にいく本ものしわをつくり考えこんでいたような父とは。

（正直言って僕はああいうおとうさんは苦手だった。僕が小さな頃のおとうさんのほうが好きだった。だって、いつもにこにこしてたし、僕らにもやさしかったもの）

出かけていくイタリアのローマで、父はどの姿を自分に見せてくれるだろう。

こわいような、でも、心の奥では期待しているような、おかしな感覚だった。

こうして隆之はイタリアに来た。今父はローマの地下鉄の隆之の隣の席に座っている。

父の目が、じっと隆之に注がれていた。

地下鉄を降りて外に出ると、あたりは人でいっぱいだった。そうして、はるか向こうの夜空には、白っぽく大きなドームがそびえていた。

「ほら、あれが、サンピエトロ寺院だ」

父が教えてくれた。

マルコがステファーノさんと手をつないで歩きだした。隆之も、思いきって父の手をとった。久しぶりにつないだ父の手、それは思いがけなく骨ばってごつごつしていた。でもうれしかった。

鐘が鳴りだした。かるくて澄んだ音色が、冷たい夜空にのぼっていく。

「イエス・キリストの、降誕をつげる鐘だ。まもなく、クリスマスのミサが始まるよ」

父がささやいた。

まわりの人たちが駆けだした。マルコがステファーノさんの手を離すと、隆之のところに来て手をさしだした。ちょっと、しりごみして……でも、次に隆之は、マルコの手をにぎり、いっしょに駆けだしていた。人ごみにおしつぶされそうになりながら、懸命に走る。息を切らせて教会入り口の広場に着くと、そこに、見あげるように高いクリスマスツリーと、わら屋根をのせた大きな小屋があった。中をのぞくと、照明がともされていて、さまざまな人形が並んでいた。真ん中に置かれたかごの中には赤ちゃんの人形がある。女の人の人形がひざまずき、赤ちゃんの人形に向かって祈っていた。それを囲む人々の人形も祈りをささげるしぐさだ。まわりには、大きな牛や羊のぬいぐるみも置かれていた。

「いやあ、あせったよ。見失うんじゃないかって」

父たちが息を切らせながら駆けてきた。父は隆之の肩に手を置くと、

「プレゼピオか。よくできているなあ」

そう言って、中をのぞいた。

父の話によると、プレゼピオというのは、イエス・キリストが馬小屋で生まれたときの様子を、人形であらわすことらしい。毎年、クリスマスが近づくと、イタリアの教会では、一斉にプレゼピオをつくるのだという。気がつくと、プレゼピオのすぐ後ろから、水しぶきが高くあがっていた。ここにも噴水があったのだ。

教会の前には人がいっぱい並んでいた。持ちものけんさだ。ずいぶん待って、隆之たちはやっと中にはいった。

「広いなあ」

隆之はあたりを見まわす。はるか前方が、照明を受けて明るくなっていた。ずっと並んだ椅子は、すべて人でうまっている。

「世界中の国から来た人たちが、今夜のミサに参加しているんだよ」

父が小声で教えてくれた。

合唱が始まった。はりのある歌声が堂内に響(ひび)きわたる。終わると、正面(しょうめん)の壇(だん)のところに白い衣を着た人が出てきた。

「法王さまだよ」

父が隆之(たかゆき)に言う。法王が話を始めた。

「世界中が平和でありますように。そう祈(いの)っておられるんだよ」

隆之(たかゆき)は、うなずいた。

驚(おどろ)くほど高い天井(てんじょう)と、広い空間。そこに響(ひび)く重々(おもおも)しい歌声と法王の話。静かに十字をきって祈(いの)る人たち。……荘厳(そうごん)な空気の中に、隆之(たかゆき)はただ立っていた。胸(むね)の奥(おく)に、広い未知の世界がしみこんでいくようだった。

# 第3章　ふたりの朝

口笛（くちぶえ）で、隆之（たかゆき）は目を開いた。ベッドの隣（となり）はからっぽだ。

隆之（たかゆき）は起き上がった。

キッチンのほうで音がしている。

隆之（たかゆき）は昨夜（ゆうべ）、夜中を過ぎてから、父やステファーノさんたちといっしょに、もどってきたことを思い出した。もう、地下鉄は走っていなかったので、二台のタクシーに分かれて乗った。マルコは隆之（たかゆき）の車のほうに来た。せまい車の中で、ふたりで押しあっては笑ったことも思い出す。

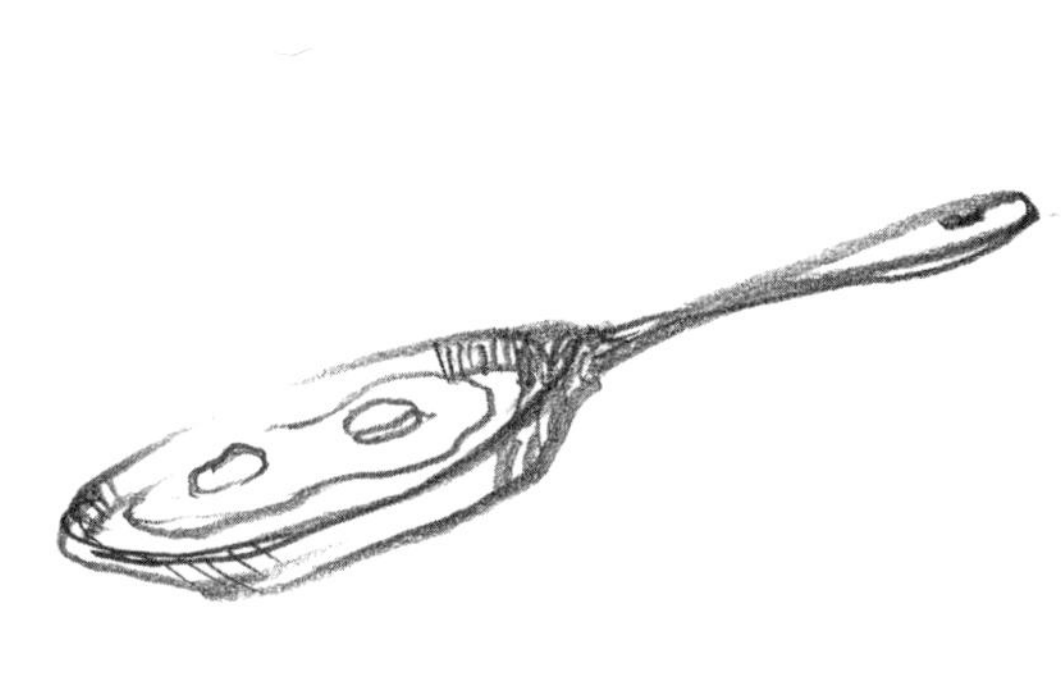

隆之（たかゆき）は、起きて着がえるなりキッチンをのぞいた。

「おはよう！」

「よお！」

父は大きなフライパンに卵をわりいれたところだった。

「疲（つか）れたろう。着いてすぐにつれだしたりして」

「大丈夫（だいじょうぶ）。平気だよ」

隆之（たかゆき）は父の肩（かた）ごしにフライパンをのぞいた。

「ハムエッグだね」

「そう。いい卵だろう」

父は、お皿にすばやくハムエッグをうつした。

「うまいなあ。おとうさんて、僕（ぼく）、パソコンしかできない人だと思いこんでいたよ」

「そうか」

父はほほ笑んだ。

「そうだ、隆之（たかゆき）、昨夜（ゆうべ）おかあさんに電話しておいたよ。おまえが、無事に着いたって」

「なんて言ってた？　おかあさん」

「とにかく安心したって。それと、おとうさんがこっちでしている仕事のことも聞かれてね。……無理もないよなあ」

父はそこでことばを切った。

「僕だって……」

隆之はつぶやく。父がこちらでコックになっていたことが思いがけなかった。それに、父がこれからどうしようとしているのか、すぐに帰ってくれるかどうかもわからなかった。とにかく父の今の気持ちを早く知りたい。あせりに近い気持ちで隆之は考えていた。

朝食は、パンにミルク。レタスをしいた、ハムエッグだった。

父とふたりだけで向かいあう。それは不思議な感覚だった。一年近く抱いてきた心配が溶けてなくなり、おだやかな気持ちが胸をみたしていた。

「おとうさん」

ミルクをごくっと飲んで、隆之は父を見あげた。

(聞くんだ、今……)

「なんだ?」

「なぜ突然、旅に出ちゃったの? それに、初めてのバースデーカードが届いたのだって、消えてから半年以上もたってからだったし」

声がかすれた。

父は黙ったまま、ミルクを飲んだ。それから、腕組みして天井をにらんだ。隆之の中に、昨日ローマの空港で、父を見た瞬間の気持ち、父が以前とは違う人になっているような思いがまた湧き出てきた。

「ごめんな」

しばらくして、父は言った。

「いや、本当に面目ない。……今回はもう来てくれないかもしれないとさえ思ってた」

「そんなあ」

父は黙ってしまった。気まずい空気がながれる。それを破るように、父が言いだした。

「空港で君の姿を見たときおとうさん、まず、おかあさんに感謝したよ。よく出してくれましたね。それにこんなに立派に育ててくれてって」

「そうだったの！」

「じつはあの頃、っていうのは、黙ってアパートを出て行ってしまった頃だけど、おとうさんな、迷路に入り込んでしまった気がしてた」

「どんな？」

「いうなれば、社会の迷子？　かな。会社をやめていらい、社会とはほとんどかかわりがなくなったろう。そのうちに家族とさえ、日に日に距離ができていくようで」

「でも僕はずっとおとうさんのことが心配だったんだからな」

のどがからからになって、隆之はミルクを一口飲んだ。

「大事だったんだ。おとうさんは僕にとって、ずっと」

「そうか、……ありがとう」

父はほほ笑んだ。それから、

「あの頃は、自分が何をしたいのか、あるいはできるのかさえ、わからなくなってしまって……」

「コンピューターがあるじゃないか」

思わず隆之は身をのりだした。

「ああ、あれは、もうやめたよ」

さりげない感じで父が言う。

「えっ、なぜ？　どうしてなのっ？」

隆之はびっくりして、部屋を見まわす。壁に寄せられたがっしりした机の上には、数冊の横文字の本が乗せられていた。だが、メールが打てるようなパソコンは見あたらない。

父は話を続ける。

「今のおとうさんにとって、パソコンとの日々はとても遠い感じになっている」

一息ついて、父はふたたび話を始めた。

「おとうさんな、二つ目の会社までやめてしまったとき、つくづく思ったんだ。結局自分は、何もできないだめ人間だったんだって」

「おとうさんがだめ人間だなんて、僕は考えたこともなかったな」

隆之はことばに力をこめた。

「正直僕は、おかあさんよりおとうさんのほうが好きだったんだ」

父ははっとしたように隆之を見つめた。それから、天井を見あげた。

「せめてさ、僕には、僕だけには、もっと早く言ってきてくれたらよかったんだよ。ローマのステファーノさんの店で元気にやってるよって」

「そのこと、何度か手紙で知らせようと思った。けど、書けなかった」

「なぜなの？」

「びっくりされそうでこわかったんだ」

「たしかに、昨日は僕びっくりした。ほら、あのお店についてまもなく、おとうさん、コックさんになって出てきたでしょ」

「だろうね」

父は、ほほ笑む。

「去年の十二月、おとうさん、ひとりでイタリアに来た。あちこちまわるうちに、ベネチアという町で、偶然ステファーノさんに会ったんだ」

「それでなぜ？　なぜステファーノさんのところで働くことになってしまったの？」

父は、黙ってしまった。気まずい沈黙が続く。しばらくしてふたたび口を開いた。

「おまえが日本でそれほど気遣ってくれていること、あの頃、おとうさんは考えることさえできなかったんだ。家族はもういない。そんなからっぽの気持ちがつい先にたって」

「確かにおとうさんとおかあさんが離婚してうちの家族はばらばらになった。けど、僕はおとうさんはもう家族じゃないなんて、一度も考えたことはないよ」

「そうだったのか！」

びっくりしたような感じで父が言う。それから、小さな声でつけたした。

「そのこと、いつのまにかおとうさんの頭から、ぬけていたのかもしれない」

「僕が今いちばん知りたいのはね」

そこまでしゃべって隆之は上唇を唾でしめらせた。それから、一気に尋ねた。

「なぜおとうさんが、ステファーノさんのお店で働くことにしたのか、そのことなんだ。コンピューターとコックさん、取り合わせがずいぶんかわっちゃったものね」

「そうなんだよ」

「確かに昨日は僕びっくりした。ほら、あのお店についてまもなく、おとうさん、白衣を着て白い帽子かぶって出てきたじゃない」

「あれが、おとうさんの新しいユニホームだからさ」

父がほほ笑む。

「あの頃、というのはアパート暮らしをしてた頃だけど、おとうさんはおとうさんなりに真剣だったんだ。とにかく、自分の中にある何かを見つけたい。そうしなければ、自分が人として生きていく意味が何もないじゃないかって。そんな気持ちを抱えてイタリアに来た。あちこちひとりで回るうちに、偶然ステファーノさんに会ったんだ」

「それで意気投合しちゃったの？」

隆之(たかゆき)は斜(なな)め前からはすかいに父を見あげた。

「そ、そうなんだよ」

そういって父はほほ笑んだ。

少しして、ポツリ、ポツリと話を始めた。

「おとうさんはずっと機械を相手に暮(く)らしてきた。しかし、ここには人間がいる。血の通った人間がたしかにってね。それはコンピューターにとりつかれて、その家来のようになってしまっていたおとうさんにとって、とても新鮮(しんせん)なことだった」

父はそこまでで黙(だま)りこんでしまった。

気まずい空気が流れた。

しばらくしてふたたび口を開いた。

「ステファーノさんは生き生きと働いていた。料理に対しても、自分の気持ちをしっかりともっていた。おとうさんはこれまでとはまったく違(ちが)う世界にいる人と出会った気がした。そして思った。そうだ、この人についていこう。ここから、おとうさんの第二の人生を始めようって」

「そのときおとうさんの中に、僕(ぼく)いなかったんだね」

父は黙ってしまった。

しばらくして小さな声で言った。

「いや、すまない、お前たちのことはおかあさんにまかせたつもりでいた」

「そう、だったのか」

隆之は下を向いた。

昨夜のステファーノさんを思い出した。地下鉄に乗るときも向こうについてからも、あのおじさんはそれとなく隆之を気遣ってくれた。あの思いやりやあたたかさが父の心を打ったのだろうか？

急に黙りこんでしまった隆之を、父は気遣うように見ていたが、

「今日は、とりあえず、ローマの町、見学してこないか？　マルコとルナちゃんが、町を案内してくれるそうだ。ちょうどこっちは今、クリスマス休暇だからね」

と話題をかえた。

「おとうさんは？　来られないの？」

「ごめんな、今日も、店があるから」

隆之はミサに出かけた昨夜のことを思い出した。マルコとは、いっしょに手をつないで

歩いた。ことばも、少しだけど教えてもらった。でも、いきなり、イタリアの子と出かけても、大丈夫だろうか。こっちは、ことばはまったく知らないし、地理のこともわからないというのに。

「マルコたちは、ずっと前から楽しみにしてたようだよ。『タカユキが来たら、自分たちでローマを案内するんだ』って、下調べまでしていたらしい」

「ほんと？　僕のために？」

「めったにないチャンスだ。行っておいで。クリスマスには、ローマでは、ほとんどの店がしまっちゃう。でも、中には、クリスマスをレストランで楽しみたいっていう人たちもいるだろう。だから、ステファーノさんは休まないんだ。そのかわりおとうさん、明日からしばらく休暇もらって、おまえといっしょに過ごしたいと思ってる」

「ほんと？　うれしいなあ！」

とはいうものの、隆之は気がかりになりはじめていた。今の父にとって日本はなんなのだろう。もしかすると、父を日本につれて帰ることなどは、もう、夢なのかもしれない。

朝食がすむとすぐ、隆之は父といっしょに、父が働く店に出かけた。店の中にまだお客はいなかったが、生簀の魚たちは、元気に泳ぎまわっていた。父とキッチンにはいると、すでに男の人がふたり来ていた。ひとりは、昨夜夜中すぎまでいっしょだった、ステファーノさんだ。

「ボンジョルノ！（おはようございます）」

隆之は、父から教えてもらったあいさつのことばをつかってみた。

「ボンジョルノ、タカユキ」

すぐにステファーノさんが、こっちを振り向いてこたえてくれた。

もうひとりの男の人は、ごわごわした前掛けをしめているところだった。隆之を見るなり、「チャオ（やあ）」と手を振った。

「こちらはポッジさん、やっぱりおとうさんがお世話になっている人だよ。この店は、おもにぼくら三人で料理をつくっているんだ。おとうさん、それこそ、寝る間も惜しんで料理づくりに励んだ。で、どうにか、ステファーノさんから、合格点がもらえるようになったんだ。ま、いまのところ、ピッツァとスパゲッティーくらいしかできないけどね」

「そう、……大変だったんだね」

「どの道もけっして楽ではないさ。ただ、自分で決めた自分の道だ。結構おもしろいよ」

父はうれしそうに言う。

広いキッチンには、チーズ、トマト、サラミなど、さまざまなにおいが溶けこんでいた。流しのかごには、ナスやトマト、あざやかな緑のピーマンがはいっている。父は、台の上に粉をのせると、こねはじめた。かなりなれた様子だ。

マルコとルナちゃんが、レオノーラおばさんとキッチンにはいってきた。マルコは隆之の顔を見るなり、「チャオ!」と、駆けよってきた。

「お願いします」

隆之が思わず日本語で言うと、わかったというようにうなずいた。わきで、ルナちゃんがうれしそうにはねている。レオノーラおばさんが、ルナちゃんにピンクのコートを着せた。

「行ってきます」

隆之は張り切って手を振った。

ステファーノさんが駆けてきて、隆之が腰につけているポシェットを指でさした。早口で何か言っている。

「気をつけるんだよ」と言われているようだ。隆之はポシェットに手をそえてうなずいた。

早朝のローマの町は、人通りが少なかった。日差しは東京よりむしろ明るくあたたかい。

そのなかを通勤の人たちが足ばやに歩いていく。

マルコとルナちゃんが最初に立ちどまったのは、トリトーネの噴水のすぐ近くだった。目の前で、小さな噴水が水を噴き上げていた。ハチが羽を広げている形の、かわいい噴水だ。マルコは懸命に説明してくれる。しかし、隆之には、何を言っているのかわからない。

そこを出発点にして、三人は歩きだした。

車の往来が激しかった。なかには信号無視で、飛ぶように過ぎさるバイクもあって、隆之は足がすくんだ。するとマルコとルナちゃんが、両脇から隆之の手をとってわたらせてくれた。

町にはがっしりとした大きな建物が並んでいる。それらの間には、ところどころに、さまざまな遺跡の名残があった。遺跡は、ほとんどがくずれていて、大昔、そこに、何かがあったことはわかっても、それがなんだったかは見当がつかなかった。ところどころに広場があって、そこには、かならず、とても高い、記念碑がそびえていた。そんな場所に来ると、マルコは立ちどまる。そうして懸命に説明してくれた。マルコがつっかえてしまうと、ルナちゃんが、「私の出番よ」というように一歩前に出る。そうして、一生懸命何かを話してくれる。イタリアのこどもたちは、小学生の頃から、先生につれられて、いろいろな過去の遺跡や遺産をめぐり、学習している。それらを、今、日本から来た少年に紹介できることが、うれしくてならない様子だ。

隆之にはそんなふたりの溌剌とした気持ちが伝わってきた。一つ一つうなずきながら笑顔を返した。

教会も随分あった。屋根の上に十字があって、わきに鐘楼が立っているので、すぐにわかった。

父たちの店を出ておよそ四、五十分も過ぎたと思える頃、三人は小高い丘の下についた。見あげると、ずっと上に、馬に乗った武将の大きな彫像がある。それをめざしてなだらかな石段をのぼった。のぼり終えたところは広場になっていて、大きな建物もあったけど、素通りして裏にまわった。そこは、下に向かって急斜面になっていたが、通りをはさんだ向こう側には、朽ちた石柱や建物が、ばらばらに建っている。何かの遺跡だろうか。

「あの近くまで行ってみようよ」

隆之はマルコたちを振り向いた。そうして、駆けるように斜面の石段を下り始めた。マルコとルナちゃんがついてくる。下りきって、古い建物にそった道を歩きながら、

「マルコっ！」と、後ろを振り向く。

そのとき、前方から駆けてきた少年たちのひとりが、さっと隆之の目の前に、新聞のようなものを掲げてみせた。

「なんだろう?」

ふっと、そちらに気をとられた次の瞬間、少年たちは駆け去っていった。

マルコが駆けてきて、隆之のポシェットを指でさした。ファスナーがあいている。びっくりして、中をさぐった。さいふがなくなっていた。中には、今朝父からわたされたお金が、まだそっくりはいっていたはずだ。

(すられたんだ! たぶん、今のこどもたちだっ!)

がくがくと、ひざが震えだした。マルコが黙って隆之の手をにぎった。

三人は、足ばやに遺跡に沿って続く道を歩きはじめた。ふいに耳元で、ルリー、リリリー! と鳥の声が響いた。澄んだその声は、青く透き通ったローマの空にすいこまれていく。イワツバメだった。見まわすと、じき近くの丘に、松の木が数本見えた。ずっと昔、この遺跡がまだ新しかった頃も、ここにはこのように松の木があったのかもしれない。

隆之はローマの長い歴史の一こまに、いま自分もいることに気づいた。すりにあったことなど、ごく小さなできごとにすぎないと思った。

「もう、大丈夫だよ」

胸に手をあてながら日本語で言った。マルコがにこっとした。

帰りは地下鉄に乗ることになった。お金のない隆之のために切符はマルコが買ってくれた。


三人がもどる頃、ステファーノさんの店は忙しさのピークを過ぎていた。隆之たちがキッチンにはいっていくと、

「おお、帰ってきたか」

父がステファーノさんと、顔を見あわせた。

「お金とられちゃったよ」

隆之はからっぽのポシェットをさかさにして、みなに見せた。

「それはそれは」というように、ステファーノさんが肩をすくめた。それから、隆之の頭に軽く手を置いて何か言った。

「怪我がなくてよかったね」

そう言われているようだ。隆之は気持ちが軽くなった。

「ぼくね、マルコがそばにいてくれてよかった。ひとりぼっちだったら、どうしていいかわからずに、おたおたするばかりだったと思うよ」

隆之のことばを、父がイタリア語でステファーノさんに伝える。

ステファーノさんはうなずき、隆之とマルコの肩をつかむと、頭と頭をこつんとさせた。笑い声がキッチンにひろがった。

レオノーラおばさんも来ていたが、「よかったわね」というようににっこりした。それから、まわりにあった生の野菜を袋につめはじめた。レタス、トマト、チシャなど、新鮮なものばかりだ。「どうぞ」というように、それを隆之にさしだす。そしたら、おじさんまで、長いパンを二本も袋に入れてわたしてくれた。

マルコが野菜の入った重いほうの袋をうけとる。アパートまで、いっしょに、持っていってくれるらしい。

「その材料で、何かお昼をつくっておいてくれたらうれしいな」

父が言った。

隆之たちは、ゆっくりと、父の住むアパートに向かった。隣を歩いているマルコが、ずっと前からの、友だちのように思えた。

マルコが帰ってしまったあと、隆之はサンドイッチづくりにとりかかった。忙しく働いてもどってくる父に、少しでもおいしいものを食べさせてあげたいと思った。

二時半を過ぎた頃、父が店からもどってきた。

「おいしいな。いつの間に料理の腕あげたの？」

サンドイッチをつまみながら、父が言う。

「おかあさんの帰りが遅いとき、ぼくときどき、由佳になにかつくって食べさせているから」

「そうか。……おとうさんより、生活力旺盛なんだ」

父が、頼もしそうに言った。

食後は後始末を父にまかせて、ベッドに横になった。

すぐにぐっすりねむってしまった。

# 第4章　父の姿

真っ暗な中にかすかに明かりがともっている。隣のベッドはからっぽ。

「おとうさん、どうしちゃったのかな？」

部屋の中を見まわしたが、父の姿はなかった。

「まだ、お店？　まさか、まさか」

それでも、足がひとりでに動いたのは、父があの店にきっといると、心のどこかで確信していたのだろうか。

エレベーターを降りて夜の町に出ると、寒風が一気に吹きつけてきた。まだ人通りはか

なりあったが、どの人もコートのえりを立てて寒そうに前かがみで歩いている。クリスマスのイルミネーションは町のあちこちで相変わらずにぎやかだ。

　オレンジ色の光を高く吹き上げているトリトーネの噴水からほんの少しせまい道を上がったところに、父の新しい仕事場、ダ・マルティーニがあった。扉を押すとすっとあいた。

「どろぼうが来たらどうするんだよ」

　ひとりで毒づきながら、おそるおそる中にはいる。夕べはにぎわっていたらしい店の中はからっぽ。椅子やテーブルもきちんとかたづいていた。真ん中へんのクリスマスツリーだけがちかちかまたたいていて、かえってわびしくみえる。ぬうように奥に進むと、厨房の中に人影があった。

（おとうさんだな。何してるんだろう）

　父は大理石の調理台でしきりに何かをしているところだった。後ろ姿が凛として近づきにくい雰囲気だ。隆之は立ちどまり、父のしぐさを見ることにした。

（粉をこねてるんだ。ピッツァパイをつくろうとしてるのかな）

　確かに調理台にはさまざまなものが並んでいる。隆之の知る限りでは、ピーマン、トマト、なす、サラミソーセージ、ハム、それに香りのたかいバジリコなどの香草もある。やがて父はそれらを、あらかじめめんぼうでならしていた皮の上に並べ、上にそっとやはりめんぼうでならしたふたをかぶせると、もう火を消したかまどの前に来た。ふたたび火をおこしながら、ちらとこちらを見た。瞬間、隆之は、

「おとうさん」

と、呼びかけた。父はすぐには隆之がわからなかったらしい。数秒後、

「やあ、おまえか！」

と、びっくりしたようにしげしげと隆之を見た。それでも心ここにあらずの感じで、つくりたてのパイ生地をシャベルのようなものですくい、おこしたての火の中にいれた。隆之にとっては、長い時間が過ぎたと思える頃、とりだして、調理台の上のお皿に移し、黙って隆之にさしだした。

「ありがとう」

どこかちぐはぐな気持ちで隆之は言う。

「おとうさん修業?」

父は無言でほほ笑み、

PIZZER
DaMARTIN

「びっくりしたろう?」

「ああ」

「ステファーノさんの味に少しでも近づきたいと思って、おとうさん、よく、ひとりでここにこもるんだよ」

「わかるな。おとうさんらしいもの」

ごく自然な気持ちで隆之(たかゆき)は言った。

「そうか、うれしいな。……食べてごらん?」

父が焼けたばかりのピッァパイのお皿をゆびさす。

「おいしそう」

隆之(たかゆき)はあつあつのパイを口にいれた。遅(おそ)かったというものの、昼のご飯を食べたのはかなり前。それだけに父の焼きたてのパイの味はかくべつだった。

「うまいっ! とってもおいしいよ」

「そうか。よかったよ」

父の緊張(きんちょう)がほぐれていくのがみえるようだ。

「少しはおとうさんも、料理がうまくなったかな?」

「もちろんだよ。僕らが学校の給食で食べるのとはまるで違うよ。おかあさんや由佳にも食べさせてあげたいな。」

「そうか。おまえに言われると照れるな」

父はうれしそうにほほ笑んだ。

(これでおとうさん、すんなり日本につれて帰れるのかなあ)

ふたたび、この心配が隆之の胸をいききしはじめていた。

父が後始末を終えるのを待って、かなり遅く隆之と父はアパートにもどった。

その晩、さらに遅くなってから、隆之は日本に電話をかけてみた。日本は今、十時すぎのはずだ。さいわい母は家にいて、受話器をとる音がきこえた。

「おとうさん、元気だよ」

「よかったね」

母の声が明るい。

「そっちでの仕事、どんな風？」

「とっても忙しそう」

「どんな仕事しているの？」

「料理つくっているよ。ステファーノのおじさんに、教わりながら」

「料理を？」

母はさすがに驚いた様子だったが、

「でも、うちこめる仕事が見つかってよかった」

と、ほっとしたように言った。

「僕ね、最初はかなりびっくりした。でも、本気だよ。今夜だってひとりで厨房にこもって、修業してたくらいだよ。だけど、僕、やっぱりおとうさんには日本にもどってもらいたい。ローマの空港に着いたときから、そう思いつづけているんだ」

「そうよねえ」

母は戸惑ったように口をつぐんだ。隆之は、あわてて父に受話器をわたし、ふうっと息をついた。

父は隆之と母との会話をそれとなく聞いていたようだった。受話器をにぎると、

「今日は隆之、私がお世話になっている店のお子さんたちと、ローマ見物に出かけてね、早速すりにやられたそうだ」

むしろおかしそうに報告した。

「えっ！　これからのこと？　それは、いずれ隆之と、ゆっくり話しあうつもりだ」

そこで父は受話器を置いた。

（おとうさん、やっぱり、残るつもりだな。なんとか説得しなければヤバイことになる）

心臓がどきどきっとした。

# 第5章　マーガレットの花束

「今日はふたりで、街を歩いてみようよ」

次の朝、軽い朝食をとりながら、父が言いだした。今朝のメニューは、パンとミルク、グレープフルーツにゆで卵だ。

「それとも疲れたか？　昨日は一日中、マルコと歩きっぱなしだったし、夜中にはおとうさんの仕事場のぞきにきたりして」

「大丈夫、行くよ」

隆之ははっきりと言った。

（今日こそはおとうさんに言わなければ。『いっしょに日本に帰ろうよ』って。『すぐには無理だよ』と言われたら、『いつなら帰れる？』ってつめよるんだ）

食後ふたりはアパートを出た。

早朝の町は昨日と同じに静かだった。まだ、観光客はねむっているのだろうか。

父はおおまたでゆっくり歩く。それに歩調をあわせながら、隆之は久しぶりに父と歩くうれしさをかみしめていた。

父は小さな広場に近い教会まで来ると、

「はいろうか」と足をとめた。ふたりは中にはいった。

オルガン演奏の宗教曲がおごそかに響いている。朝が早いせいか、聖堂に人の姿はなかった。隅のほうの席にふたりは腰を下ろした。

「おとうさんな、ここが好きで、少し暇なときには来てじっとすわっているんだよ。そうすると、気持ちが落ち着いて、静かになるんだ。ここで、いろんなことを考えたよ」

「どんな？」

「主に、自分のこれからのことかな？」

隆之は黙ったまま、オルガンの音色を聞いていた。しばらくして、小声で尋ねた。

「おとうさん、昨日、気分をかえるために、旅に出たって言ってたよね。でも、なぜ、こんな遠いイタリアに来ちゃったの？」

「テレビで偶然、イタリアの美術の紹介を見たんだよ」

「それがきっかけ？」

「ああ……」

父は、うなずき、話を続けた。

「ある晩、テレビつけたら、いきなりラファエロの『小椅子の聖母子』という絵が映しだされた。ほかにも、イタリアの絵がいっぱい紹介されて、なんて美しいのだろうと思った。正直言っておとうさん、それまでコンピューター一筋できてしまったろう。美術の世界はのぞいてみたことさえなかった。それだけに、この絵との出会いは強烈で、……この美しさにぜひ直接ふれてみたいと思った。旅費のほうは、車を売ってつくった」

「えっ、あれ売っちゃったの？」

父がうなずく。

それは、父が何より大事にしていた、ブルーの車だった。会社をやめたとき、父はそれを、「いつか乗れるときがくるまで」と言って、友だちの家の車庫にあずけたはずだった。

「もったいないなあ。あれさえあれば、また僕おとうさんと、釣りに出かけられるのに」

「そうか。そうだな」

小さな声で父が言った。

教会を出たあと、隆之と父はさらに町を歩いた。さっきまでひっそりしていた街が活気づいて、人があふれていた。

かなりの道のりを歩いた頃ふたりは、長い石段の上の教会の前に出た。隆之は父と並んで、石の柵にほお杖をついた。

「五月になると、あの石段の両側にはアザレアの大きな鉢が並ぶんだ」

「きれいだろうね」

「ああ、イタリアは春が花でにぎやかになる。五月になると、この街も藤やバラがきれいでね、それから、マーガレットやパンジーなどの小さな花も、あちこちで、見かけることができるんだ」

「日本と似てるね」

「そう、花は万国共通のことばのようなものだから……おとうさんな、とくにマーガレットには忘れられない思い出があって……」

「どんな？」

「おとうさん、まず飛行機でローマに来て、あくる日、フィレンツェに向かった」

「あの見たい絵があるとかいう？」

　父はうなずいて、話を続けた。

「その道すがら、アッシジという町に立ち寄ったんだ」

「アッシジ？」

「キリスト教徒が大勢集まってくる聖地のひとつだよ」

「そこにマーガレットが咲いてたんだね」

「そ。こちらはあたたかいから、真冬にもマーガレットをみることができるんだよ。そのとき、おとうさん、その花を束ねた、花束をもらった」

「なんで、花束なんて？」

「よほど、落ちこんで見えたんだと思う。で、元気づけるためにくれたんじゃないかな？なんせおとうさん、どこに行ってもことばが通じない、何もわからない」

「ガリバーみたいだね」

「たしかに、ガリバーだな。で、そこについてからも、気持ちはガリバーで、だから、夕方、ある教会の前の石に腰かけたときには、動く気力さえなくしていたんだ。そのときそっとひざに乗せられたのがマーガレットの小さな花束だった」

「いいなあ」

「だろ？　置いてくれたのは小さな女の子でね。由佳くらいの。ハッとそっちを見たら、その子、こっちを見てにこっとした。うれしくなって思わず手を振った。瞬間、胸の奥にさあっと光がさして、このとき、おとうさん、何かをひとつ、乗り越えられたんだと思う」

「乗り越えた？」

「そう、暗いところから、明るいところに飛び出していけたというか、……とにかく、うれしかった。気がつくと少し離れたところに母親らしい人がいて、心配そうにこっちを見ていた。『ありがとう。うれしいです』そんな気持ちでほほ笑むとむこうもほほ笑んだ。それから女の子の手を引いて立ち去っていった」

「なんか、絵でも見てるみたい」

「このとき、はっきりわかったんだ。ことばが大事なんじゃない。その奥にある心が大切なんだって。こっちが笑顔で話しかけていけば、きっと向こうに通じるって」

「そうだよ。いつまでも、ガリバーやってたって始まらないよ」

「それからはおとうさん、ホテルの朝食のときなんかも進んでまわりの人に、話しかけるようになった。すると向こうも片言の英語で、懸命に答えてくれる。で、ほっとして、フィレンツェで絵を見て、ベネチアまで、足をのばした。そこで会ったのがステファーノさんだったんだ」

「よかったじゃないか」

　心から、隆之は言うことができた。

「そのあと、ミラノという都市にまで行ったとき、そこでも思いがけない出会いがあった」

「どんな？」

「着いた日の夕方、おとうさん、その街のお城の裏にある広場に行ってみた。すると、コン　カチン、コン　カチンという槌で何かをたたく音がしてくる。楽しそうな口笛もね。そばまで行くと、ふたりの男が掘りかえされた石畳の石を、ていねいにうめなおしているところだった。糸をピーンとはってきちんと長さをはかっては、一石、一石、丹念にうめなおしていくんだ」

「お城と石畳？　すごいなあ。そういうものが、今もあるなんて」

「あそこはイタリアでも有数の商業都市だから、表通りは高いビルばかりだ。でも、一方にそんなお城ものこっているんだよ。おとうさん、向こうが、ふっと一呼吸ついたとき、『楽しそうですね』覚えたばかりのイタリア語で思わず話しかけていた。相手は顔をあげ、ニコニコしながら何か言った。『これが、ぼくらの仕事だからね』そう、言っているような気がした。その幸せそうな笑顔にすうっと気持ちがひきこまれて、おとうさん、そこに立ちどまったまま、しばらく見ていた。相手の気持ちがじかに伝わってくるのを感じていた。そのとき、さあっと胸に飛びこんできたものがあった。それは、『仕事をするって、じつはこういうことなんだ』ということだった」

「それ、どういうこと?」

隆之は思わず聞きかえす。

「そう……なんていえば、いいのか……おとうさんてほら、ずっとパソコン相手に仕事してきたろう。そのうちに、機械とのほうが、気持ちが通じあえるような、……無機質な人間になってしまったと思うんだよ。でも、この人たちは違う。あくまでも自分の意思で、仕事に愛情も感じて、日々とりくんでいる。そこにひかれた」

「少しだけど、わかるような、気がしてきた」

「そうか。……で、突然思い出したのが、ベネチアで会ったばかりのステファーノさんだったんだ」

隆之の目の奥を、ステファーノさんの面影がチラと過ぎた。

隆之は、改めて、眼下にひろがる町をながめた。石畳の道をはさむようにして、石造りの建物がはるか向こうのほうにまでひろがっている。その間をぬうように高く立つのは教会の鐘楼だ。そのいくつかから、二時を告げる鐘の音がのどかに響いていた。父が、「行こうか」と声をかけて、柵を離れた。

「一度アパートにもどって一休みしようよ。その先のことは、あとでゆっくり考えよう」

ふたりは高台の町を歩いて、アパートのほうにもどった。まったく知らなかったローマの町が、親しい町にかわっていた。出会うのは外国の人ばかりだったが、隆之はそのことに抵抗もなくなっていた。

アパートにもどってひとねむりしたあと、父は隆之を夜の街にさそった。

「テベレ川のほとりまで出て、帰りにどこかで晩飯にしよう」

「テベレ川？」

「そう、ローマで一番大きな川だ」

「いいよ、行こう」

隆之はすぐに応じた。

一日中いっしょにいたというのに、隆之はまだ、一番大事なことを父に伝えていない。

それは、自分といっしょに日本にもどってほしいということ。そうして、いつも近くで自分を見守っていてほしいということだった。

日本を出てくるときには考えつかなかったことがここ数日でかわってしまった。父を慕う気持ちがにわかに目を覚ましたとでもいうのだろうか？　隆之は、もう、父を手放したくないと強烈に思いつめていた。

（なんだか、言いにくいな。でも、言うぞ！　とにかく言わなければ）

目の前に、大きな難問が立ちふさがった気がした。

胸の奥がずしっと重くなるようだ。

外に出ると、町にはもうクリスマスのイルミネーションがともりはじめていた。

「ここから川までは、そう遠くないんだよ」

父は言い、

「昼間は、めいっぱい歩いたから今度は地下鉄にしようよ」

と、なれた足どりで、階段を地下に駆け下りていく。隆之も続いた。

ローマの地下鉄は速いしすごい轟音だ。あっというまに川の近くの駅に着いた。地上に出ると、眼下の広場のあたりは、人、人、人でごったがえしていた。そちらに背を向けて、土手にのぼった。

すぐ前で川の水音が聞こえている。

ふたりは、車の多い車道をやっとわたり、川のほとりに出た。

目の前の川は幅も広く水かさが多かった。

「これが、歴史で名だかい、テベレ川だよ。ほら着いてすぐ、マルコたちとバチカンのサンピエトロ寺院に行ったろ。あのときは地下鉄でこの川をわたったんだ」

「あの電車が、この川の下にもぐったの？」

「その反対。地下鉄が地上に出たんだよ」

父は言い、

「掛けようか」

と、すぐ近くのベンチを指でさした。ふたりは川岸のベンチに並んで掛けた。

向こう岸の大きな建物が水に映り、川面に映る明かりのなかでちらちらと揺れている。

隆之（たかゆき）は、一年近くのときを超（こ）えて、父がやっとすぐそばまでもどってきてくれたような気がした。

（言うんだ、今）

ゆっくりと口を開いた。

「おとうさん、いっしょに日本に帰ろうよ」

父がびくっと体を震（ふる）わせたような気がした。何も言ってくれない。

「やっぱり今すぐは無理かなあ」

隆之（たかゆき）はあわてて付けくわえた。

「だって、お店があるし……」

「ああ」

父のかすかな声が聞こえる。何かを戸惑（とまど）っている様子（ようす）だ。

しばらくしてようやく口を開いた。

「おとうさんじつはな、日本にもどることは、考えていないんだよ」

「ええっ？　なっ、なぜ？」

ふたたび、父はだまりこんだ。少しして、言いだした。

「ステファーノさんのお店で、料理をつくる仕事、あれこそが、自分がさがしていた本当の仕事だと、思えるようになっているんだ」

いきなり、隆之は立ちあがった。激しくなにかが胸をゆさぶっている。

「そんなっ！　ひどいよっ！　ぼく、迎えにきたんだよっ！　飛行機でっ！」

叫ぶと、父に背を向けて駆けだした。

「待てっ、隆之！　待ちなさいっ！」

追いかけてくる父の声を振りきるように、車の多い道をわたり、土手を駆け下りた。

隆之は、今何をどう判断していいやらまったくわからなくなっていた。からっぽの心に、今しがたの父のことばが反響している。

「日本に帰ることは考えていない。考えていない。考えていない」

地下鉄の構内にはいってジャケットのポケットに手をいれると、父が買ってくれた切符にふれた。それを機械にいれて刻印を受ける。ホームでは、大勢の人たちが談笑しながら、電車を待っていた。

父が階段を駆け下りてくる気配がした。だが、隆之は振りかえらなかった。父が突然遠くに行ってしまったような気持ち、違う人になってしまったような気持ちが、ふたたび強まっていた。

ちょうどはいってきた電車に、隆之は乗りこんだ。しまったドアの向こうで、父がけんめいに電車を追いかけながら手を振るのが見えた。

バルベリーニの駅で降りるとさすがに気がとがめた。わざとゆっくり階段をのぼり地上に出る。

広場の真ん中で、トリトーネの噴水がまわりの照明をうけ、きれいな色の水を噴きあげていた。

(僕は帰ってくれるおとうさんを期待していた。帰ってきてぼくの近くに住んで、いろんな相談事にも乗ってくれるおとうさんを)

隆之は噴水を見あげる。何もかもが、ほんの一時間前とかわらないのに、かわって見えた。水音を聞きながら、それとなく父の足音を待った。数分後ようやく父が地下鉄の階段を駆け上がってくるのが見えた。

「びっくりしたぞ」

まだ息をはずませながら、父が隆之の肩に手を置いた。だが、隆之は反射的にそれを払いのけた。父とは少し距離をおいたまま、アパートに向かった。

隆之がいきなり駆けだしたことを、父はとがめなかった。

「今夜はアパートで何かつくろう」

父が言う。しかし、隆之は応えなかった。

アパートで父は、冷蔵庫から、キャベツやピーマンなどの野菜をとりだした。それを、ベーコンなどといためあわせて味付けをする。硬くなりかけたパンは、フレンチトーストにしてくれた。

「おいしいよ」

声がかすれた。

「そうか、よかったよ」

父がほほ笑んだ。

# 第6章　朝の広場

次の朝隆之(たかゆき)が目を覚ますと、父はテーブルの前にひとりで腰(こし)かけていた。

「おっ、目が覚めたかい?」

こちらを振(ふ)りかえる父のまなざしを、隆之(たかゆき)は、ふと、遠い人に感じた。

昨夜(ゆうべ)のことを思い出した。父に帰る考えはないとはっきり言われて、いきなり駆(か)けだしていった自分。あのときの何をどう考えていいやらわからなくなった気持ちがふたたびよみがえった。

「おまえがいきなり駆(か)けだして……。いやあ、あせったよ」

テーブルの前に向かい合わせに座ったとき、父は改めて言った。

「おとうさんが言ったこと、やはり、ショックだった？」

「あたりまえじゃないか」

沈黙が続く。

「おとうさんな、おまえたちにはもう何も期待はされていないと思いこんでいた」

「そんなあ。一昨日も、言ったでしょ。僕は、ずっと、おとうさんが好きだったって」

「そうだったな」

小さな声で父が言う。

「でも、なぜ……なぜ、ずっと、こっちにいようって、はっきり決めちゃったの？」

声の震えをおさえようとしながら隆之は尋ねる。

「働くこと、仕事することの本当の意味を教えてくれたのがステファーノさんだった。ステファーノさんはいわばおとうさんの大事な先生だ。そこにはまだまだ、学ぶことがいっぱいあるしな」

父はそこでちょっとことばを切ったが早口で続けた。

「近頃おとうさん、働くことの、本当のおもしろさがわかりはじめている。たしかに、立ちぢめの仕事は楽ではない。けど、自分たちで材料をさがし、工夫して料理して客によろこばれる。これまで味わったことのない充実感があるんだ。おとうさん、この仕事を、もう手放したくない」

隆之は内に飼っているライオンが突然たてがみをぶるんと振って立ちあがったような気がした。

「おとうさん、勝手だっ！　勝手すぎるよっ！」

叫んだ瞬間、涙がこみあげた。

「だってそれじゃ、ぼくらのことなんて、何も考えていないことになるじゃないかっ！」

わっと声を上げて隆之は泣きだした。父はじっと見ていたが、

「今回、一年ぶりにおまえと会っておとうさん、自分のこの決心が、やはり、とても乱暴だったことに改めて気づいたんだ。すまないと思っている」

そう言って頭をさげ、

「猪突猛進。こうと決めたら、つっぱしってしまうのが昔からの癖だから」

と、つけたした。隆之は、ほんの二日前、お店の厨房で、たったひとり、ピツァを焼いていた父を思い出す。それはこれまでになく新鮮なできごとだった。かっこいいとも思った。

しかし、その姿と帰らないという事実とは違うのだ。黙ってしまった隆之を父はじっと見ていたが、

「ところで、今日はどうしよう。どこに行こうか？」

と、いきなり話題を変えてしまった。隆之ははぐらかされたような気がした。

「僕、今日は、ここにいる。どこにも行きたくないよ」

隆之は小さな声で言った。ふたたび遠くに行ってしまったような父と、今ローマの町を歩く気持ちにはとうていなれなかった。

（それより早くひとりになりたい。そうして考えてみたい。自分はこれからどうすればいいかについて）

父は一度立ち上がったが、そのまま、片手をテーブルについて隆之を見ている。思いがけない成り行きにどうけりをつけたらいいのか困ってしまっている様子だ。

「お店に行ってきたら？　やることだっていっぱいあるんでしょ？」

隆之はなじるような言い方をした。

父は黙ってコートをはおった。

「気持ちが落ち着いたら店のほうにおいで。ひとりでどこかに出かけるんじゃないよ。

ローマはいろいろ物騒だからね」

父はそれでも心配らしく、しばらくドアのそばに立っていた。

「ちょっとだけ、店の様子見たら、すぐもどってくるから」

ひとりごとのように言うと出ていった。

ひとりになると、さびしさがいっそう胸にしみてきた。

下の通りを過ぎていく車の音がかすかに聞こえる。窓越しに見あげると、ローマの空は今朝も怖いように澄んでいた。

隆之はそんな日常の外に突然ポーンと投げだされたような気がした。

気がつくと、電話の受話器をにぎり、東京の家の番号をまわしていた。

「もしもし」

すぐに通じて電話越しに母の声が聞こえた。

「僕…僕だけど……」

「何かあったの？」

母の声が緊張した。

「そうじゃないけど」

「ああ、びっくりした。だってこっちはもう夜よ」

「あっ！　そうだった。ごめんね。……あのさあ、……」

ちょっとことばを切ったが、一息に言った。

「おとうさん、日本に帰る気、ないらしいよ」

「……隆之にはショックだったわね」

「あれっ！　わかってたのっ？」

母はそれには答えなかった。数秒後、

「で、そっちで料理の仕事してるって聞いてたけどどんなふう？」

と尋ねた。

「イタリア料理つくってる。ステファーノさんのおじさんのお店でピツァやいたりしてるんだよ。……僕、どうしよう？」

「そうよねえ」

母は何かを考えている様子だった。

「すぐ、帰っちゃおうかな？　日本に」

「せっかく出かけていったんだもの、もう少しだけ、おとうさんのそばにいてあげて」

それきり母は黙ってしまった。静けさが隆之をいっそう不安にした。

「じゃ、切るよ」

「気をつけてね」

ささやくような母の声が聞こえた。隆之は震える手で受話器をもどした。

母からさえ突き放されたような気がした。たったひとり。だれも、もう頼れる者はいない。

だれもいない部屋。シーンとした四角な空間で、窓際のどっしりしたえんじのカーテンがかすかに揺れている。

（この部屋から出よう）

でも、父の働くレストランには行きたくなかった。

しばらく考えたあとで、新聞の広告紙の裏に、大きく、

「ナボナ広場まで、行ってきます」とかいた。あそこまでなら、ひとりで行けると思う。

紙切れをテーブルに置いて、隆之は出かけた。

通りはまだ静かだった。隆之は片手の地図を頼りに、ナボナ広場のほうに歩きだした。

ひとりだと思うとどうしても緊張する。

曲がるたびに、通りのはしの建物に掲げられているプレートの文字を確認した。通りの

名を示すプレートだ。いくつかの角を曲がり、かなりの距離を歩いた頃、ようやくナボナ広場に着くことができた。

まだ、午前中のせいか、広場は、閑散としている。折々忙しそうに広場を横切っていくのは、この町で働いている人たちだろうか。そのなかで、店をあずかっているらしいアフリカ系の人たちが、露店をあけ、魔女の人形を飾りはじめていた。

三つの噴水から、水しぶきが空に向けて高くのぼっていた。真ん中にある一番大きな噴水に近づいて、隆之は石でできたへりに腰をおろした。

噴水は四人の巨人からできていて、隆之のすぐ後ろの巨人も、口元から勢いよく水を噴きあげている。それをぼんやりと見ていたが、

(おとうさん、ほんとに遠い人になっちゃうんだな)

と、心の中でつぶやいた。父との間を隔てる途方もなく大きくて広い海が見えてくるようだ。

小学校に上がる頃から、父とはよくいっしょに、釣りに出かけた。家から一時間ほどのところにある渓流だった。隆之が大好きな父のブルーの車。その助手席に腰掛けて、ずんずん緑がふえていく、窓の外の景色を眺める。ひざには母がつくってくれた、握り飯の弁当が置かれていた。あのとき何を釣ったのか、そのことはもう覚えていない。ただ、父と

ふたりという、男同士の親しさのようなものを感じ、とても幸せ（しあわ）だったことだけは今も心にあざやかだ。

隆之（たかゆき）は、あの頃（ころ）の父と今の父とのあいだに、大きな隔（へだ）たりを感じはじめていた。はたして、あの父はどこに行ってしまったのだろう。

（とにかくさ、帰ってきてくれさえすれば、また、元にもどれると思うんだ）

そっと、つぶやく。

たすきをかけたロマ族のおばさんが、お金くださいというようにまわりはじめたので、隆之（たかゆき）は立ちあがった。そのまま、広場を歩きはじめる。しだいにふえてきた、人、人、人の波。一角では、移動型のメリーゴーラウンドがまわっている。それに乗って歓声（かんせい）を上げているこどもたち。べつの世界のできごとのようだ。

隆之（たかゆき）は、今度は、広場の隅（すみ）にある小さな噴水（ふんすい）まで行くと、そのへりに腰（こし）をおろした。何も考えずに、長いこと座（すわ）りこんでいた。

いったいどこでどう間違（まちが）えたのか、気がつくと隆之（たかゆき）は、見覚えのない道にはいりこんでいた。どこかで見たような道。知っている気がする教会。しかし、それらはどこも来た道とは違っている。道の入り口にある、プレートも見覚えのないものばかりだ。

心臓の鼓動が早くなった。

（迷子になっちゃったんだ）

ナボナ広場を出てから、ぼんやりと道を歩いていたことを思い出す。

あわててポシェットから、地図を取り出した。バルベリーニ広場にあるトリトーネの噴水はすぐにわかった。しかし、今いる地点からそこまで、どこをどのように進めばよいやら見当がつかない。

（聞いてみるほかないな）

正直、イタリアのみずしらずの人に声をかけるのは勇気のいることだった。しかし、まわりにおまわりさんも見当たらない今、とにかくぶつかっていくほかないのだ。

しばらく待って、安心できそうな中年のおじさんが通りかかったとき思いきって進みでた。

「あのう……」

思わず声を出すと、相手が立ちどまった。隆之はいっしょに地図をおじさんとみる姿勢になって、

「ここに行きたいのだけど」

と日本語で言ってみた。おじさんはめがねを取り出して地図をのぞく。

しばらくして、近くの曲がり角まで隆之をつれていくと、

「この道をまっすぐに行って、次、こう曲がりさらにこう曲がる」

と、二本の指を足にみたてながら、説明を始めた。リズムのはっきりしたイタリア語で懸命に説明されると、わかったような気がしてきた。

「グラツィエ（ありがとう）」

覚えたてのイタリア語で言うと、おじさんは「気をつけるんだよ」というように隆之の肩をたたく。隆之が歩きはじめてからも、しばらくは後ろから見送ってくれているようだった。

言われたように少し歩いて角を曲がった。しかし、次にどこを曲がればいいのかわからない。ふたたびアウト。不安が強まった。もしこのまま、ローマの町をさまようことにでもなってしまったら……。立ちどまってあちこち眺める。通りかかる人たちはみな外国人。それも観光客のようだ。ふたたび尋ねる糸口はなくなった。

しばらくはぼんやりと、ただ、立っていた。

かなり時間が過ぎたとき、すぐわきをふたりの少年がゆきすぎた。

「あの、あの！」

よびかけながら隆之は夢中で駆けだした。少年たちが不思議そうに立ちどまる。

「トリトーネの噴水、どう行けばいいの？」

大きな声で言いながら、地図を見せる。

「トリトーネ？」

ふたりは尋ねかえしてから、地図を見つめた。少しの間話し合っていたが、やがてこっちだよというように先に立って歩きだした。

隆之は懸命についていく。相変わらず知らない通りだった。そこを少年たちは、折々隆之を振りかえり軽い足取りでいく。

（たぶん、わかってくれているんだ）

隆之はその子たちを信じることにした。それにしてもことばが通じないというのはなんと不便なのだろう。

やがてふたりは楽しそうに口笛を吹きはじめた。隆之も知っている『サンタルチア』だ。ごくしぜんに、隆之も口笛であわせていた。今朝から、せまいところに閉じこもってしまっていた気持ちがゆっくりとほぐれていくようだった。

いくつかの道を曲がったとき、ようやく見覚えのある通りにでた。

（わかったよ）というように、隆之は少年たちにこわごわVサインをおくる。

そこから別の道にはいっていったときだった。ずっと向こうのほうから、ひとりの男の子が駆けてくるのが見えた。マルコだ。うれしさがこみあげた。

「もう大丈夫だよ」

隆之は少年たちに言い、

「どうも、ありがとう」と頭をさげた。

「よかったね」というように、少年たちがにっこりした。あたたかな笑顔が胸にしみた。

少年たちは手を振って今来た道を駆けだしていく。それを見送ったあと、隆之はマルコのほうに駆けだした。駆けながら、「なぜ？」と思う。おそらく父はあのあとまもなく、アパートにもどってきた。そうして隆之が広告紙の裏に書いたことばをみて大騒ぎになって……マルコと手分けしてあちこち探しまわったのではないだろうか。

道の真ん中でマルコと手を取りあった瞬間、走ってきた車に猛烈なクラクションを鳴らされた。首を縮めあわてて道のわきに避難。そのあとふたりで父たちの店のほうにふたたび駆けた。

# 第7章　ステファーノさんの味

ふたりでダ・マルティーニの前まで来たとき、隆之の足が止まりかけた。たぶん、ここには父がいる。

マルコがドアを押したので、仕方なく隆之も中にはいった。店にはお客が数人いたが、そこを通過して奥に行く。

やはりキッチンには父がいた。そこの丸椅子に掛けて落ち着かない様子だったが、隆之がマルコとはいっていくと、すぐ、立ちあがった。大またで近づいてきて、隆之の肩に手を置こうとした。瞬間隆之はそれをよけた。父はびっくりしたようだったが、黙ったまま

流しのほうに行った。改めてかごの中から野菜を取りだして洗いはじめた。うつむいたまま、どこも見ない。その目をこぶしでぬぐうのが見えたとき、隆之は胸がちくっとした。悪いことをしてしまったと思う。しかし、そんな後悔に似た気持ちに、素直になれないもうひとりの自分がいた。

隆之はそこに立ったまま動けないでいた。

ステファーノさんが寄ってくると隆之の肩を抱くようにした。うながされるままついていくと、火にかけたフライパンの前で立ちどまった。「見ててごらん」というようにこちらを見てほほ笑むと、まず、オリーブオイルをたっぷりいれた。次に、ニンニクの薄切り、赤とうがらしなどをいれていく。パセリのみじん切りや、プチトマトを崩したものなどもいれると最後にすっかり下ごしらえのできた魚を一匹いれて水を注ぎふたをした。

「静かに、静かに」というように、おじさんは目をいたずらっぽく、くるんとさせて、右手を耳にあて、なべの音を聞くしぐさをした。かなりの時がすぎた。ステファーノさんがふたをとると、魚はふっくらと蒸し焼きになっていた。いいにおいがあたりにただよう。真っ白な皿に盛りつけてプチトマトとバジリコをそえると、ささげもって店のほうに行く。隆之も続いた。まだ閑散としたテーブルのひとつにおじさんはお皿を置いた。マルコがパンや水を持ってついてきた。

「座りなさい」

身振りで言われて隆之が腰かけた。

「ゆっくり食べるんだよ」

おじさんはそんなことを言ってキッチンに消えた。

(僕のためだったのか)

おじさんのあたたかさが身にしみた。ゆっくりとナイフとフォークを持った。今朝、軽くパンを食べただけだったせいか、おなかはペコペコだった。夢中になって食べはじめてふと気がつくと、テーブルごしの椅子に掛けて、マルコがこっちを見ていた。両手でほほをはさんでいたずらっぽく目をパチパチさせている。

「おいしいよ」

「アクアパッツァ(魚料理の一つ)!」

マルコが叫んだ。

マルコに見守られながらアクアパッツァをたいらげる頃、店は夜のお客でたてこみはじめた。ドヤドヤとはいってきた商社マンらしい人たちの中に日本人の姿があった。不思議

な懐かしさを感じて隆之がそちらに行きかけたとき、

「いらっしゃいませ」

と、歯切れのいい日本語とともに、ステファーノさんが、キッチンから出てきた。いつのまにか、黒のジャケットを着て、えんじの蝶ネクタイをしめている。

日本の人はステファーノさんと握手をかわし、ふたりは楽しそうにイタリア語で話を始めた。ステファーノさんがキッチンにもどったあと、日本の人が、隆之の肩に手を置いた。

「日本から来ているんだって？」

「ええ。父がこの店で働いているので」

「てことは、森田さんのぼっちゃん？」

「ええ」

「似てる、似てる。おとうさんにそっくりだ。……矢沢といいます。でも、驚いたなあ。森田さんにこんな立派なぼっちゃんがいたとは！」

「僕びっくりしました。ステファーノおじさんが、あんなきれいな日本語しゃべれたなんて……」

「先生は君のおとうさんだそうだ」

「そ、そうだったの！」

瞬間あたたかな何かが、心の奥からわきでてきた。

キッチンにもどると、そこは今しがたまでと違う光景にかわっていた。ウェイターが注文の紙を持ってきて、人々は右に左にせわしなく動きまわっている。

いつのまにか、隆之もその輪の中にいた。

「これを向こうに」「スプーンとフォークを、あのテーブルに」などと言われるたびに、懸命にそれにしたがった。休みをとっていたはずの父までが、働きはじめた。マルコも下げられてきたお皿を洗い、ふきんで拭く。

やっと、忙しさがおさまったのは夜の十時過ぎだった。隆之はもうへとへとだ。しかし、この疲れはいやなものではなかった。一仕事終えたあとのほっとする疲れだった。

十一時を過ぎてから、隆之は父と店を出た。コツコツというふたりの足音が夜空にこだまし、通りをつないで点滅するイルミネーションが今夜もきれいだった。

「疲れたろう」

しばらくしてポツンと父が言う。

「そうでもない」

隆之は首を横に振った。

「ステファーノさんの魚料理、うまかったろう」

またしばらくして父が前を向いたままで言う。

「ああ、とっても」

答えながら隆之は、さまざまなことが胸を行きかい、一つにまとまらずに困っていた。

父へのいかり、母への不信感、そんな中で、出会ったイタリアの少年たちとの口笛のハミングは気持ちをなごやかにしてくれた。ステファーノさんのやさしさは胸にしみたし、マルコの友情もうれしかった。そうして何より、父がステファーノさんに日本語を教えていたことがうれしい。

それでも、自分は今、父をつれて日本にもどりたいのだろうか？　隆之には、まったく答えが出せなくなっていた。

「僕、明日はもう日本にもどろうかな？」

突然出てきたことば、これも本心なのかどうか、隆之にはわからない。一方で、あまりにも忙しすぎた今日の疲れで、体がふわふわと浮いているようだった。父はそんな隆之の肩に手をかけ、そっと自分のほうにひきよせた。隆之はもう、抵抗しなかった。

あくる日、隆之が目覚めたのはもう昼近くだった。あわてて起き上がると体の節々が少し痛い。昨日初めてレストランの仕事を手伝った。忙しさの中でわれを忘れさまざまなこともした。その疲れがまだのこっているようだった。

風呂場では、父が口笛を吹きながら洗濯物を干しているところだった。父は自分の下着といっしょに、隆之のシャツやパンツ、靴下も洗い、干してくれていた。

「ありがと」

短く言うと、

「おお、目が覚めたかい。テーブルの上に朝飯が用意してある」

父は、隆之が自分から話しかけてきたことにほっとしているようだった。これから食事する隆之のために、石油ストーブをつけ、ミルクをあたためてくれた。

「あと少し、おとうさんとつきあわないか？」

朝食を食べはじめた隆之の前に座ると、父が言いだした。

「いいよ」

「ステファーノさんが、せっかく遠くから来てるんだし、今日あたり、コロッセオに行ってきたらと言ってくれてるんだ」

「ああ、行く」

改めて、知りたいことが、たくさんにわきでてきた。父とステファーノさんの出会いも、ステファーノさんがどんな人なのかも、隆之はまだ知らない。

朝食後、いっしょにアパートを出た。歩きながら、ふたりはほとんどしゃべらなかった。徒歩でテベレ川のほとりまで出ると、霜枯れの木の下で、枯葉がかさかさと音をたてていた。ポケットに手をいれてゆっくりと歩く。川は急流になったところが白いしぶきをあげていた。この近くで父は、今は日本に帰るつもりがないと言った。つい一昨日のことなのに、遠いできごとのような気がする。

(僕は一体どうすればいいんだ)

しぶきがサッと吹き上がりやがて静まっていくのを見つめながら隆之は思う。一昨日いらい、天と地がさかさまになってしまったようだ。自分は父を迎えにきた。しかし、父は帰らないと言う。自分はあと数日しかここにいられないというのに。

それに、もし、父が帰らないと、隆之自身のこれからは、どうなってしまうのだろう。

そんな心の奥から見えてくるのは幼い日の思い出だった。

いっしょに凧揚げをした広い野原。澄んだ渓流に飛び散る、銀色のしぶき。釣り上げた川魚。

やっぱり、いっしょに帰りたい。そのためには、もっと知らなければ。父の今日までの気持ちがどんなだったかを。

（そうして、僕は、近くに住むおとうさんと仲良くやっていきたい）

隆之は川の向こうに目をうつした。向こう岸に並ぶ大きな建物が真冬の大気の中で幾分かすんでいるようだ。

「ここからコロッセオまで、三十分ぐらいだ。歩くか？」

「いいよ」

父にしたがって三十分あまり。ふたりはようやくコロッセオにはいることができた。

広いコロッセオの中には人が大勢いた。ここだけが、閉ざされた小宇宙のようだ。外ではイワツバメがさえずり、近くの丘には、緑の松の木が何本か見えた。

コロッセオの中は、すり鉢状のずっと下に、地下になっていたはずの部分がむきだしになっていた。

少しの間隆之は、この建物ができたという紀元八十年頃に思いをはせていた。

父は今、何を考えているのだろうか？　わからなかった。隆之（たかゆき）自身も父と、何を話していいやらわからなくなっていた。すぐわきにもっとも親しいはずの父がいるというのに、隆之（たかゆき）は孤独（こどく）だった。

「ステファーノさんて、どんな人なの？」

斜面（しゃめん）のずっと下を見たまま、隆之（たかゆき）は、ふいに父に尋（たず）ねた。

真夜中のミサに行く途中（とちゅう）のこと、昨夜（ゆうべ）の隆之（たかゆき）への心遣（こころづか）い。さまざまなものが心の中を行き来している。

「苦労したんだよ、あのおじさんは」

父が隆之（たかゆき）のほうに顔を向けた。

「じつはおとうさん、旅でイタリアをひとまわりしたあと、まだ、ローマにとどまっていた。昼間はあちこちを回って夜になると、あの店に出かけたんだよ」

「おとうさんが今働いているところだよね」

「そうだ。そんなある晩（ばん）おじさんは、こんな身の上話を聞かせてくれたんだよ」

それから父はぽつりぽつりと話しはじめた。

# 第8章　ある物語

ステファーノ少年は恵まれた家庭に生まれた。声もよかった。音楽教師だった父親は彼を幼い頃から教会の聖歌隊にいれた。少年は、ここで、歌う楽しさを知った。そうして、将来オペラ歌手になることを夢見るようになった。家族も応援してくれた。

そんなステファーノ少年を、突然、病魔がおそったのは、彼が十二歳のときだった。命は取りとめたものの、このときからステファーノ少年の声量は落ち、ふたたび歌うことができなくなった。

大きな夢を突然にたたれて、少年は生きる希望をなくした。そうしていつのまにやら、

不良と呼ばれるグループにはいりこんでいた。

ある夜、仲間のひとりと大喧嘩して怪我をした。まわりにいた仲間たちは心配して、バイクで家まで送ろうと言ってくれた。でも、少年はそれらを振りきると、ひとりで歩きだした。

しかし、片足をひどくくじいていて、一歩進むのも、つらかった。古い小さな教会の前まで来たとき、少年はもう一歩も歩けなくなっていた。教会のおもて扉はしまり、あたりにはひとけもなかった。少年はひとりで石段に腰をおろした。石の冷たさが全身にしみた。

少年はつくづくひとりぼっちだと思った。何かを見つけたいのに、見つからないであがいているような日々。仲間たちとそうぞうしくさわいでいても、心が満たされることはなかった。

「おとうさん、この人、怪我してる」

その声に、少年はわれにかえった。ひとりの少女が父親と、自分の前で足をとめていた。

「痛みますか?」

男の人が尋ねた。

「ええ、少し」

少年は正直に言った。

「おとうさん、お店につれてってあげましょうよ」

少女が言った。

ふたりは、少年を両脇からささえると、すぐ近くの自分の店につれていってくれた。

せまいけれども、清潔な感じのする店だった。五つほど並べられたテーブルには、白と水色をチェックにしたクロスがかけられ、真ん中にはガラスの一輪挿しが置かれていた。フリージアや、バラなどの香りがただよう。男が傷の応急手当をしてくれているあいだに、少女が、スープをあたためてくれた。豆や野菜がいっぱいはいった、おいしいスープだった。父と娘のもてなしはやさしくて、心の奥まであたたまるようだった。

「両親が心配しているよ。早くお帰り」

男は、少年をタクシーに乗せてくれた。

そのときから、少年はよく、この店に顔を見せるようになった。テーブルに飾られた花の香り。明るい照明。さらに、いつ出かけていっても変わらない、もてなし……。男は奥さんとふたりで、この店をやっていた。あの夜は身体の弱い奥さんにかわって、高校生の娘、レオノーラが手伝いに寄ったことも、わかってきた。

店は小さかったが繁盛していた。なじみの客も多かった。なす、ピーマン、トマト、つりたての魚などを、素材の持ち味を生かしながら、さまざまに料理する男に少年は目を見はった。男の表情がいつも幸せそうにかがやいているのも、不思議だった。

やがて少年は、男から少しずつ料理を習いはじめた。修業は厳しかった。しかし、この厳しさが少年を少しずつかえていった。遊び仲間とバイクを乗りまわし、他のグループに喧嘩をふきかけた日々は料理の仕事に打ちこむ日々にかわった。少年が少女と、バイクで郊外まで、野菜を仕入れに行くこともあった。そこには、肥沃な土の中で育っていく野菜があった。地面から餌をついばむ、ニワトリや七面鳥がいた。それらは少年にあらたな希望をもたらしてくれた。

(この素材をいかして、いつか、しっかりした料理人になろう)

心の奥で少年はちかった。

「そうだったの」

隆之はつぶやいた。

「ダ・マルティーニというあの店の名前はその男の人からもらったの？」

「そう。レオノーラおばさんのおとうさんでもあるんだよ。この話を聞かせてくれたあとで、おじさんは言ってくれた。『君だって、きっと何かが見つかるよ』って」

隆之の目の奥をステファーノさんの横顔が過ぎた。それはいつも明るくおおらかにふるまっているのに、どこかに寂しさのあるような横顔だった。

日がかげりはじめた。風が冷たい。

じき近くの草むらでのら猫が数匹、身を寄せあって震えている。

「もどろうか」

父が立ちあがった。隆之も立ちあがった。

ステファーノさんのことはよくわかったと思った。しかし、なぜ、父はあの店で働くことになったのだろう。そのことはあいかわらず、なぞだった。

# 第9章　鐘楼（しょうろう）の上

十二月二十九日夜明け前、隆之（たかゆき）は父とローマの駅から、国際急行列車に乗りこんだ。ベネチアへの父との一泊（いっぱく）旅行だ。

昨夜（ゆうべ）アパートにもどってから、隆之（たかゆき）は進んで、ベネチアの町に行ってみたいと父に頼（たの）んだ。父がステファーノさんに初めて会ったのはその町だったという。それならもっと詳（くわ）しく出会いのことを知りたい。それを知ることで、父が、なぜ、これほどまでにコックの仕事に打ちこむようになったか、その疑問（ぎもん）が解（と）けるかもしれない。

この列車が国境を越（こ）えて、スイスやフランスを通り、さらに遠いドイツまで行ってしまう。四方が海の日本との違いを隆之は感じた。

なんのアナウンスもないまま、列車は動きだした。

「疲れたろ？」

父が隆之を見る。

「平気。ちょっとまだねむいけど」

「ねむっていいよ。乗りかえるとき、起こすから」

「わかった。でも、もう少し起きてるよ」

隆之は父とふたたびこんな会話を交わすことができるようになって、よかったと思っていた。

窓の外はまだ真っ暗だ。何も見えない。

列車の揺れに身を任せながら、隆之は同じコンパートメントにいる人たちに目を向けた。父と自分以外は全部ヨーロッパの人らしい。でも、ローマの空港に降りたときのように、まったく別世界に来てしまったという不安はなく、むしろ、しぜんに溶けこめているような気持ちだった。

途中の駅で国内線に乗りかえてまもなく、隆之はねむってしまったらしい。父に肩をたたかれて目をあけると、両側に青い海がひろがっていた。

「よく、ねむってたな」

父はほほ笑んで隆之を見た。

「この海の向こうにベネチアの町があるんだよ」

隆之は、静かな広い海を見わたした。

一年前、たったひとりでここにきて、父はどんな気持ちでこの海をわたったのだろう。

父もじっと海を見ていた。

広い海を越えて、列車が大きな駅に着いた。まわりには、ホテルやみやげ物の店がいっぱい並んでとてもにぎやかだ。中心地のサンマルコ広場までは、水上バスで行くという。隆之と父が乗りこんですぐ、船は、白いしぶきをあげて運河を走りだした。両岸に並ぶ大きな建物は、とても古そうだ。しかし、かつての栄光の名残をとどめてどっしりと立ち並んでいた。

「まず鐘楼にのぼってみよう」

水上バスが船着場に着いたとき、父が言った。広場にはいると、正面に、コバルトと金色にいろどられ、てっぺんにいくつか、丸屋根をのせた寺院があった。鐘楼はその斜め前に、高くそびえている。

「あのてっぺんで、おとうさん初めてステファーノさんの一家と出会った」

父が隆之(たかゆき)の肩(かた)に手を置いた。ふたりはいっしょに上を見あげた。シャープな三角形の白い屋根。その下は地上までが濃(こ)いレンガ色だ。

「百年前に一度崩(くず)れてね、建てなおしたそうだよ」

「すごいなあ!」

隆之(たかゆき)は、改(あらた)めて高い塔(とう)を見あげた。

鐘楼(しょうろう)の下まで来ると、エレベーターを待つ人の、長い列ができていた。何度か順番を待って、やっと乗ることができた。

エレベーターから降(お)りたとたん、足がふわっと浮(う)いたような気がした。すごい高さだ。四方(しほう)には金網(かなあみ)が張ってあったが、風がもろに吹(ふ)きつけてくる。すぐ目の下は広い運河。その手前に建物の赤茶色の屋根が、びっしりと並(なら)んでいた。ふたりは、鐘楼(しょうろう)の上をゆっくりとまわりはじめた。

「ステファーノさん一家に会ったのは、このあたりだったかなあ」

父が、そう言って足をとめたのは、海に面したほうの側だった。あちこちに点々(てんてん)と島が見えた。

「その日、おとうさんはここから海を見ながら、いろんなことを考えていた。将来のことなど何もわからないままで、日本を飛びだしてきてしまった。道中いろんな人と話しあい交流も生まれた。でも、今日本にもどれば、相変わらずの自分がいる。仕事もなく、ただぼんやり、日を過ごしているような……」

「僕、正直言うけど、あのおとうさん、好きじゃなかったよ」

「だろうとも」

　短く言って、父は話を続ける。

「ふと目を移すと、すぐ近くに仲のよさそうな家族がいる。両親が身を寄せあい、ふざけあうふたりの子を見ていた。そのうちに男の子にこづかれて女の子が小さな人形を落とした。そしたら、通りがかった観光客にふまれて、女の子はべそをかいた。男の子がすばやくそれをひろって、どろをはたいて、女の子にわたしてね、女の子がにっこりした。その様子を見ていた両親は、肩をたたきあってほほ笑んだ」

「それがステファーノさん一家だったんだね」

「そうだったんだ。……そのとき、おとうさん、突然におまえや由佳のことを思い出した。

……そうして、このあたたかさから、もう離れてしまった我が家を思い出した。その責任が自分にあることもね」

父はそこで、言葉を切った。

隆之は何も言えなかった。

普通の家庭とは遠く離れてしまったような我が家を思う。

(でも、やっぱり、僕はもしできるなら、おとうさんにもどってほしいんだ)

隆之は思う。

でも、それがもう夢にすぎないことを、隆之は心のどこかで納得していた。今、立たされているのは日本を発つときには、考えてもいなかった事態だった。父がもう日本にはもどらないということ。そうして、日本で、自分たちは、父ぬきでくらしていかねばならないということ。……でもこれらをどう、受けとめればいいのだろう。何の心の準備もまだできていないというのに。

「で、おとうさん、声をかけたの？ ステファーノさんたちに」

話の続きを思い出して隆之は尋ねてみた。

「そう。覚えたばかりのイタリア語で『楽しそうですね』って。そのあと、片言のイタリア語でしばらく話をするうちに、いっしょに昼ごはんを食べようということになって、広場の近くの店にはいって、いっしょにピッァパイを注文した。そのとき出てきたピッァパイを食べて、マルコが叫んだんだ。『おとうさんが焼くピッァのほうが、おいしいよ！』って」

「イタリア語でしょ？　よくわかったね」

「なあに、たぶん、そうだろうと思っただけさ」

父は照れたように言うと、

「で、片言で話をしあううちに、ステファーノさんがローマに料理の店をもっていることまでわかってきて……別れ際、おじさんは名刺をわたしてくれながら言った。『日本に帰る前に、ぜひ来てほしい』ステファーノさんのもっている、余裕というか、おおらかな感じが強く心にのこった」

隆之は、陽光があふれている目の前の海を見つめた。

今の父には、そんな余裕というか、おおらかさのようなものも、もどってきていることに気づいていた。

ポツリポツリと父は話を続けた。

「そのあと、おとうさん、ミラノまで足をのばして、さきおとといも話をした石工に会った。ああ、いいなあ。そう思った」

隆之は父が三日前に話してくれたステファーノさんのことを思い出す。とにかく、父はこの旅で、大きな収穫をえたのだ。

「ローマにもどるとすぐ、おとうさんはステファーノさんの店に出かけた。たまたま、店が閉まってしまう午後でね。がっかりして帰りかけたとき、偶然ステファーノさんが店から出てきた。おじさん、ぼくの顔見るなり大喜びで抱きついてきた。どうぞどうぞとキッチンに招きいれてくれて、目の前で、大きなロブスターのグリルをつくってくれたんだ」

「ロブスターって？」

「日本でいう、伊勢海老かな？」

「すげえ、ぜいたく！」

「でも、味はほとんど覚えていない。ただ、そのときのおじさんの人を包みこむようなやさしいしぐさと笑顔が印象的だった」

隆之は、ついおとといの晩に見た、ステファーノさんを思い出した。それは、ゆったりとした様子で一つ一つのテーブルをまわり、ワインを勧めている姿。そこから、なんともいえないあたたかさがにじみ出ていた。

（あのおじさんがいたから、今のおとうさんがいるんだ）

隆之は、素直に思うことができた。

ずっと下に青く、弓状に広がる海が見えた。午前の陽射しが海をおだやかな銀色にそめている。

隆之はしばらくは何も言わなかったが、数分後そっと尋ねた。

「その頃から、おとうさん、あの店に出入りするようになったんだね」

「そう。おとうさんには、あそこには別の時間が流れているような気がした。その時間がとても大切に思われて、その後もローマにいつづけた。おとうさん、昼間は美術館などを見て歩いて、夜はあの店に立ち寄るのが日課になった。そんなふうにして一週間が過ぎた頃だった。ある晩、おとうさんが、自分のと決めた指定席に座っていると、ステファーノさんがにこにこしながらやってきた。この間話した身の上話を聞いたのはあの晩だった」

「そのときからなんだね、おとうさんがあそこで働きはじめたのは」

「そう。おとうさんからステファーノさんに頼んだ。少しの間、手伝わせてほしいって。短くともいい。もっとこのステファーノさんと付きあいたいと思ったんだ」

「そう」

つぶやいたきり隆之（たかゆき）は口をつぐんだ。

（そんなこと頼（たの）まないで、すぐに帰ってきてくれてたら……）

一方に、自分のこれからさえ見つけられずにいた、当時の父の頼（たよ）りない姿（すがた）も思い浮（う）かんでいた。

父は話を続ける。

「ステファーノさんは笑いながら言った。『この仕事はきついぞ。それでもいいか？』って。『ぜひやらせてください』おとうさんは頼（たの）んだ。こうしてステファーノさんに教わりながらの仕事が始まった。最初のうち仕事は大変だった。料理が初めてのおとうさんには調味料一つまともに使えない。ステファーノさんのほうも懸命（けんめい）だったと思うよ。しかし、皿洗（あら）いから始めたおとうさんが、たちまち腕（うで）を上げていくのを見て、ステファーノさんは、びっくりしたそうだ。でも、最初の頃（ころ）は、いろいろなことが、あったんだよ」

「どんな？」

隆之（たかゆき）は乗り気になって尋（たず）ねた。

「まず、ことばが思うように出てこない。でも、そんなとき、ステファーノさんはおとうさんが何かを言うまで、気長に待っていてくれてね、そのうちに、こうして、ステファーノさんたちと料理をつくる仕事が最高におもしろくなっていった。料理ってのはね、結構独創性が発揮できるものなんだよ。それと、あとは、自然の持ち味が生かせるということかな？」

隆之は料理のことになると、とつぜん能弁になる父に少しあきあきしてきた。一方で、父があの店でのあの仕事にひきつけられていった道筋も、わかりかけたような気がした。

「そうして気がつくと、すでに二か月近くが過ぎていたんだ」

しばらくして父はぽつんと言った。

「そうだったのか」

「そう。正直いえばその頃、おとうさんかなり気持ちが揺れていた。そろそろ、この仕事にけりをつける頃かもしれないって。でも、一方で、工夫して料理をつくることも、おもしろくなって……それは、これまでのコンピューターを相手にした暮らしとはまったく違うおもしろさだった」

「でも、」

そこまで言って、隆之はことばにつまった。

胸の奥では、二つの気持ちが戦っている。

「おとうさんは結局僕らをみすてた」

そうなじりたい気持ちと、

「いい仕事が見つかって、よかったじゃないか」

そう言ってあげたい気持ち。

ふたたび沈黙が続く。気づまりな空気を破るように、

「おりようか」

と、父が、隆之の肩をたたいた。

鐘楼をおりたあと、ふたりはあてもなく歩きはじめた。

道の両脇にはガラス細工のみやげ物屋や、サンドイッチなどの食べ物を売る店、ちょっとしたレストランが並んでいた。観光客が絶えず行き来している。

かなりの距離を歩いた頃、住宅地に来た。静かだ。両側にある古い石づくりの建物は、ところどころ、石がはがれたり崩れたりしている。その様子はこの街の古い歴史を物語っていた。

いくつかの運河をわたり、通りを過ぎると、しゃれた小さなレストランがあった。

「あそこで飯食べようか?」

「いいよ。おなかすいちゃったもの」

だいぶ前に鐘楼から、正午の鐘の音が聞こえていたことを、隆之は思い出す。

店には二組の客がいるだけだった。父と子はいっしょにメニューをのぞいて、トマトソースがかかったスパゲッティーを注文した。

ところが、かなりの時間がかかってようやく出てきたスパゲッティーはゆですぎで塩が利きすぎ、隆之が学校の給食で食べるものとかわらなかった。

「おいしくないよ、これ。それよりおとうさんがつくってくれたピッァパイのほうがずっとおいしかった」

ローマについた夜のピッァパイの味、さらに数日後たったひとりで厨房にこもり、隆之がいることすら気づかないで、ひたすらピッァパイづくりに励んでいた父を思い出す。そうして、そのどちらもが、隆之にはおいしかった。作り手が父という身びいきをこえて、おいしいと思った。もしかするとあれが父の心かもしれないと思う。

「そうかな」

短く言って父は、暇そうに歩いていたウェイターを呼びとめた。なにかささやくとウェイターがすぐにキッチンに駆けこんだ。

(何が始まる?)

にわかな不安で隆之は落ち着かなくなった。

まもなくキッチンから赤ら顔の太ったシェフが出てきた。

(マフィア?)

おそろしい空想にとらわれて隆之は首を縮める。

ところがシェフは、父の肩に手を掛けにこにこしながら、何かを言った。

「『それじゃ、おまえさんの作り方はどうなんだ?』って」

父はいたずらっぽく肩をすくめて笑うと、「おいで」と隆之をうながし、男に続いた。

せまいけど、清潔なキッチンだった。そこにはステファーノさんの店でと同じように、トマト、ピーマン、たまねぎ、ニンニクなどがそろっている。

父はシェフに目配せして上着を脱ぐとわきの椅子の背にかけた。シェフがその父に丁重にエプロンを着せかける。

それからが、大変だった。

器用な手つきで刻んだ野菜、冷蔵庫から取り出したひき肉などで、父はトマトソースを作りはじめた。大鍋でぐつぐつ煮えていくソースからいいにおいがたちのぼる。一方で、沸騰する湯の中に、父はパラパラとスパゲッティーをいれていく。

ひたむきにつくる父の手つきを、シェフは目をみはり、時に肩をすくめ、メモまで取りながら見ていた。

おりおり父はシェフの肩をたたく。シェフはうれしそうにうなずく。ふたりのあいだにはごく自然に気持ちが通いあっているようだった。

およそ三十分後、父は熱々のスパゲッティーを大皿にもった。父とシェフ、それに店にいたウェイターまでが来て、取り皿にとって食べはじめた。隆之も食べた。

(なんだか、魔法がかかったみたい)

隆之がびっくりするほど、父がつくったトマトソースのスパゲッティーはさっき出されたものとは別物にかわっていた。

シェフは大げさに肩をすくめて笑い、父がうなずきかえして食事がおわった。

帰るときシェフは隆之にも何か言った。シェフ、シェフということばがその中に混じる。

父が払おうとする代金を、シェフはそっと返してよこした。

店の出口まで出てシェフは父子を見送ってくれた。

「あしたからはぼくも努力するよ」
そんな声が聞こえてくるような笑顔だった。

隆之と父は、ベネチア本島の突端に来ていた。前方の、やや雲でかげりはじめた海は、はてしなく広く、弧をえがいていた。観光客のにぎわいが遠くから聞こえる。

隆之は海を見ていた。

ずっと遠くどこまでも続く、広い広い海。真冬の暗い感じの色の中にときおり小さな船影がはいってきた。

（ひとりで帰ろう）

心の奥で隆之ははっきりと思った。

今あれほど料理に打ちこんでいる父。その父をここイタリアから引き離すことは難しいと思う。

（たとえ、おとうさんがいなくとも、僕はやっていけるぞ。それに、僕はおとうさんの家来じゃない。もとよりおかあさんの家来なんかじゃない。僕は僕、ひとりで羽ばたいていける僕にならなければ）

背がぐんとのびていくようだ。

とにかく父はすっかりかわった。今の父には、料理づくりのことしかないのだ。それに料理に新しい生き方をみつけた父の気持ちを元にひきもどすことなど、自分にはできそうもないと思った。

いつのまにか、空一面が雲におおわれていた。海の色もかわった。と、思うまもなくパラパラと雪がふりだした。

「雪だね！」

「ホテルに帰るか？」

「そうだね」

父と子は立ちあがった。

瞬間、隆之は父の目をまっすぐに見た。

「おとうさん、僕決めた。ひとりで日本に帰るよ」

声が少し震えた。

父は驚いたように目をみはった。が、何も言わなかった。

ジャケットのフードを頭からかぶるとふたりは駆けだした。大運河の船着場に着くと、運河のすぐ向かい側に、高く、広場の鐘楼が見えた。

さっきまでのにぎやかさがうそのように、あたりは静まり返っている。寝つけないまま、隆之はそっと起き上がり、足音を忍ばせて、窓のところに行った。

いつのまにか雪はやんでいた。しかし、ホテルのまわりは白一色にかわっている。窓から見える海の向こうの島が寒々としていた。

「ねむれないのか？」

父の声が聞こえた。

「あれ！　起こしちゃった？」

「いや、なんだか目が冴えてね。……少し、外を歩いてこようか？　でも、寒そうだな」

「大丈夫、僕、歩くよ」

隆之はきっぱりと言った。

ふたりで階下におりると、フロントにはぽつんと明かりがともり、制服を着たホテルマンが、ひとりだけ立っていた。カギを渡して外に出た。

外はかなり寒かった。手袋をしていても、指先が凍りそうだ。店はどこも、よろい戸をおろしていた。静まりかえった雪の道を、薄紫の街灯だけがぼんやり照らしている。ふたりは、肩を寄せ合いながら、広場のほうに歩いていった。

積もった雪に映る薄紫の街灯の明かりを、隆之は見つめながら進んだ。静かな気持ちだった。

しばらくして隆之は口を開いた。

「僕、ひとりで帰るよって言ったときおとうさんどう思った？」

「……どうって、申し訳ないなと改めて思った」

「でも、僕は本気だよ」

「いや、ありがとう」

父は、そこで口をつぐんだ。しばらくして、つぶやくような声で言いだした。

「今回一年ぶりに君に会えて、おとうさん、よかったと思っているんだ」

「？」

「自分にもこんな大事なこどもがいたんだ」

父はすこしの間黙っていたが、しばらくして、話を続けた。

「このことは、おとうさんのこれからの大きな励みになるんだとわかった」

「……僕、僕もだよ。僕には、おとうさんががんばってくれているのがとっても、うれしかった」

「おとうさんな、君といっしょに帰ることはできない。けど、いつかは、日本にもどるつもりだよ」

「ほ、ほんとうにっ！」

「本当だとも。帰ってイタリア料理の店、開くつもりだ」

父は言い、隆之の肩をぽんぽんとたたいた。

「ほんとに、ほんとなんだね」

「ああ、本当だとも。……今回君に会えておとうさん、そう決断できた」

隆之は黙ったまま、父の腕をとった。うれしさが胸の底からつきあげてくるようだ。

「そしたら、僕手伝うからね。おとうさんのお店」

「ありがとうよ」

小さな声で父は言う。

「ところで、隆之、マルコのことをどう思う?」

突然、話題をかえた。

「いいやつだよ。それにぼくらもう友だちなんだ」

「そうか。よかったよ。……おとうさん、君がおとうさんの店を手伝いたいという気持ちはとてもうれしいし、ありがたいと思う。でも、あわてないでゆっくり考えてほしい。自分がやっていきたいことは何なのかについて。……きみはまだ若い。たくさんのことを学んでそうして大人になっていくんだ。……その道の途中でみえてくることはきっとあると思うよ」

　よくわからない気持ちのまま隆之（たかゆき）は父を見あげた。父は話を続ける。

「ずっと前、おとうさんは君に話したことがあったね。花は世界の共通語だって」

「覚えてるよ。アッシジでマーガレットの花束（はなたば）をもらったときのことでしょ？」

「そうだよ。で、今は自信をもって言えるようになった。心も世界の共通語だって」

「そ、そうだよね」

　隆之（たかゆき）はうなずきながら、父が言おうとしていることがおぼろげながら、わかる気がしはじめた。

「なんでもいい。とにかく世界で羽ばたける人になってもらいたい。これが、今、おとうさんが強く願っていることなんだ」

ふたたび、隆之はうなずく。ステファーノさん、レオノーラおばさん、矢沢さんなど、この旅で出会ったさまざまな人の面影が浮かんでは消えていく。

「由佳の手紙には絵がそえられていた。どんな絵だと思う？」

しばらくして父が尋ねてきた。

「おとうさんとふたりで、手をつないでいるところ？」

「そのとおりなんだよ。あれを見て、おとうさん胸がつまった。由佳の思いがじかに伝わってきてな」

「そういえば、由佳、ずぃぶん真剣に、何か描いてたもの」

「そうか」

すこし気後れしているように父は短く言った。

ふたりはゆっくりと広場に出た。

しーんとしていた。コの字の形をしたアーケードに並ぶ街灯に灯がともり、それが、寺院の正面を明るくしている。

鐘楼のところから曲がって海辺に出た。

つながれたゴンドラにひたひたと音を立てて、水が寄せている。かなたの島々の明かりが、ここからはくっきりと見えた。風が冷たい。

振り返ると、鐘楼はかなり遠くに見えた。真っ黒な服を着た、巨人のようだ。目をうつすと、薄紫の街灯に照らされてずっと続くふたりの足跡が見えた。

父と並んで鐘楼を見あげながら、隆之は、今、新しいスタートライン立ったのだと思った。

胸の中に何かが満ちてくるのを感じていた。それは、これから伸びていこうとする自分自身の中の力だろうか。

# 第10章　さようなら、ローマ

ローマ空港の待合室に、隆之は父と並んで腰掛けていた。

今日は、元日。日本では、すでに八時間前に新しい年が始まっている。

空港の中には、さまざまな国の人たちが歩いていた。一番多いのはヨーロッパの人たち。

ほかにスカーフで髪をかくした、アラブの人たちもいたし、ターバンを頭にまいたインドの人たちもいた。

「おとうさん、無理しないで。病気になったら、アウトだから」

「ありがとう、気をつけるよ」

父はかみしめるように言った。

マルコの顔が浮かんできた。今しがたステファーノさんの店の前で別れるとき、マルコは黙ったまま隆之の手をにぎった。何か言おうとして唇を動かしたけど、ことばにならないようだった。

「サヨウナラ」

日本語でそれだけ言って、店の中に駆けこんだ。

「アリベデルチ（さようなら）」

その背中に向かって、隆之は大きな声で応えた。

ルナちゃんの顔も浮かんできた。お別れの握手をしたとき、思いがけなく、ルナちゃんは背伸びして、隆之のほっぺたにキスをした。

レオノーラおばさんや、ステファーノさんの顔も浮かんでくる。おばさんは、隆之の髪をやさしくなで、顔をのぞきこんで何か言った。その目にうっすら、涙が光っているようだった。ステファーノさんのほうは、車で空港まで送ろうと申しでてくれたが、父がことわっていた。せめて最後は父ひとりで見送りたい。そう考えているようだった。

「これを」

おじさんは内ポケットから白い四角い封筒を取り出して、隆之にわたした。

「グラツィエ（ありがとう）」と言って隆之は受け取ったが、中味はさっぱりわからなかった。大事にジャケットの内ポケットにしまった。

隆之の手荷物の中には、昨夜マルコといっしょにナボナ広場で選んだ由佳のための魔女の人形と、父の由佳への手紙がはいっている。

父は昨夜、真夜中過ぎに店からもどると、由佳に手紙を書いたようだった。

「なんて、書いたの？」

今朝、白い封筒を受け取るとき、隆之は尋ねた。

「おとうさんの、すぐにはもどれないというお詫びのことば。それと、『いつか由佳がもっと大きくなったとき、いっしょにマーガレットの花束をつくりたいね』『そのときまで、由佳の大きくて澄んだ瞳が曇りませんように』とも……」

父は照れたように言い、すばやく目頭をぬぐった。

「わかった。かならず、わたすね」

父の涙を見てしまったことに、一瞬照れながら、隆之は強いて明るく言った。

隆之は昨日のことを、思いおこす。

一日中、マルコとふたりで、おおみそかのローマを歩きまわった。どこも、この数日間に一度は歩いたところだった。いつのまにやら隆之の頭の中には、ローマの地図ができていて、この街がもう外国には思えない。そのことが意外だったし、うれしかった。

夜になってからは、ふたりでナボナ広場に出かけた。人がいっぱい出ていた。隆之は大勢の人をかきわけて、露店のほうに進み、いくつかの魔女の人形を見せてもらった。その中から、かわいい女の子の魔女を買うことができた。

ナボナ広場からもどると、ステファーノさんの店から、にぎやかな音楽が、外にまで聞こえていた。

店の中はお客がいっぱいだった。テーブルを少しわきによせ、店の中央で、楽士たちが演奏している。ひとりがピアノをひき、数人がバイオリンをひいていた。そうして、その真ん中で、ひとりの人が歌をうたっていた。隆之もよく知っている、「サンタ・ルチア」だった。

ふいにお客の中から、男の人が出てきた。続いて女の人も。

ふたりは、腕を組むと楽しそうに踊りはじめた。

隆之があっけにとられて見ていると、

「やあ」

と、思いがけなく後ろの席から声をかけられた。矢沢さんだった。

「ボナターレ（クリスマスおめでとう）」

矢沢さんは上気したような顔をほころばす。

「ボナターレ」

隆之も素直に応じた。

今日の矢沢さんは、シックなグレーのジャケットにエンジの蝶ネクタイ。どうやら、精一杯おしゃれをしているらしい。

「きみにまた会えてよかった。数日前には店手伝っていたでしょう。頼もしいなあと思ったよ」

すぐに隆之はほほ笑みを返した。いつかは自分の夢をもち、それをめざして歩んでいこうとしている自分。考えるだけで、胸がはずむ。

「明日は、日本に帰るんだって？　さっきおとうさんから聞いたけど」

「ええ」

「ここに掛けないか?」

矢沢さんは、かろうじてあいていた、自分の隣の席を指でさした。隆之はマルコに目で合図してから、矢沢さんの隣に座った。

「いっしょに食べようぜ」

矢沢さんは、自分の前にあった料理の皿を、隆之のほうにまわし、ウェイターに取り皿とジュースを頼んでくれた。レストランの中では上気した客たちが、にぎやかにしゃべりあっている。

「おやっ!」

隆之は目をみはった。バイオリンをひいているうちのひとりは、なんと、ステファーノさんだった。おじさんは、民族衣装のようなものを着ていた。広い舞台に立つという夢ははたせなかったけど、ステファーノさんは、自分の店を小さな劇場にしてしまったのかもしれない。

歌が数曲終わり、お客から拍手が起こった。ステファーノさんが立ちあがり、それに応える。楽士たちと何かうちあわせて、次に演奏が始まったのは、隆之も知っている「マリア・マリ」だった。おじさんが真ん中で指揮をして、全員のお客が歌いはじめた。

「いっしょに歌おうぜ」

矢沢さんがそう言って紙切れを隆之に見せてくれた。イタリア語の歌詞の下にカタカナで発音がかいてある。隆之も歌いはじめた。そうして思った。

いま、ここにいる四、五十人の心は一つにとけあっていて、自分の気持ちもその中にある。みんなと声を合わせて歌いながら、隆之は、この店で働きつづけている父の気持ちが、はっきりとわかったような気がした。

曲が終わって一息ついたとき、隆之はキッチンのほうに行ってみた。父はポッジさんたちと、忙しそうに動き回っていた。

「今夜は、何かのお祭り?」

隆之はそっと父に聞いた。

「おおみそかのお祝いだよ。こうして、真夜中まで料理を食べたりお酒を飲んだりしてね、新年をカウントダウンで迎えると、今度はシャンパンで新しい年の到来を祝うんだ」

「みんな、楽しそうだね」

「どこの国にいても、新しい年が来るというのはわくわくすることだからさ」

父は、忙しそうに大皿に料理を盛りつけていく。その額に汗がにじんでいるのを見て、隆之は胸が熱くなった。父の今の本気さが伝わってくるような気がした。

（いつか、おとうさん、日本でもきっと）

ずっと先に明かりがあるのを感じながら、ひとりで父の住むアパートにもどった。

「そろそろ行ったほうがいいよ」

ローマ空港の待合室で、父が隆之に言う。

「わかった」

「おとうさん、昨夜、仕事からもどってから、一応おかあさんに、電話で話はしたんだ」

「いつか、日本に店をもつこと？」

父がうなずく。

「おかあさんや由佳と仲良くな」

「大丈夫だよ。ぼくら、結構仲良しだから」

「うれしいな」

父は言い、

「おとうさん、なんとか早く一人前になるから」

「ああ、がんばってね」

「握手しようよ」

父が、右の手を差しだした。

「いいよ」

隆之は父の手をとった。ゴツゴツと骨ばっていたが、あたたかく隆之を包み込むような手だった。

「じゃあな」

「それじゃ、また」

隆之はゆっくりと歩きだした。ずっと先に一筋の道が見えはじめたような気がした。それは今からふみしめていかねばならない自分自身の道。未来へ続く道かもしれなかった。

出国口から中にはいり振りかえると、父は立ったまま、まだ隆之を見送っていた。隆之は手を振って、搭乗口に向かった。

乗りこんでまもなく、飛行機は動きはじめ、やがて滑走路からすうっと舞い上がった。

飛行機はぐんぐん高度を上げた。ローマの町はもうはるか下だ。

（今から、僕の新しい日が始まる）

はっきりと思う。

成田空港には、母と由佳が出迎えに来ているはずだった。由佳はもう、父が、兄といっしょにはもどらないことを、母から聞いて知っているだろう。

たぶん、隆之は由佳から質問攻めにあうだろう。父が今どう暮らしているかを。

そのとき、隆之は聞かせるつもりだった。父は新しい自分さがしの道を歩きはじめていること。でも、いつかはきっともどってくることを。

そうだ。あのマーガレットのエピソードも話さなければ。

（由佳、どんな顔して聞いてくれるかな？）

期待と不安が半々の気持ちだ。

飛行機が水平飛行に入った頃、隆之は、ふと思い出して、ひざの上のジャケットの内ポケットをさぐった。別れ際にステファーノさんからわたされた封筒を取り出す。封がされていなかったので、中味はすぐに出すことができた。

思いがけなくそれは、日本のかなで書かれた手紙だった。

『たかゆきくん、おとうさんのことはしんぱいしないで。きっとりっぱなしぇふにするよ。

パパはライオン。きみはそのこどもだから、ライオンの子だね。

きみのおとうさん、たったひとり、じぶんをさがすたび、ヨーロパにきました。いま、りょうりつくりに、いっしょけんめい、です。きみだって大きくなれるよ。たのしみ、まってます　ステファーノ』

角ばった字が、白い便せんいっぱいに、いくぶん躍(おど)ったり歪(ゆが)んだりして並(なら)んでいる。

「ありがとう、おじさん」

隆之(たかゆき)はつぶやいた。

窓(まど)の外は一面の雲。その雲の下に、一瞬(いっしゅん)あざやかに、ダ・マルティーニで働く父の姿(すがた)が浮(う)かびでてきた。

(僕(ぼく)も、新しい自分を見つけなければな。おとうさんとはまた違(ちが)う、自分だけの何かを)

隆之(たかゆき)はふと、つばさを広げたワシの姿(すがた)を思った。それは隆之(たかゆき)自身の未来の姿(すがた)、何かに向かって大きく羽ばたいていこうとする姿(すがた)かもしれなかった。

完

# あとがき

ごく若いころから私はイタリアが好きでした。その古い歴史、政治家、素晴らしい文化遺産を遺してくれたダ・ヴィンチやミケランジェロをはじめとする芸術家たち、歴史ある建造物の数々。……現代も古い建物の間を現代的な車が走っています。土手に登って見下ろすと、それこそ、ローマ建国の祖といわれるロムルスとレムスの双子の兄弟の時代にも流れていたと思われるテベレ川が、水音高く流れていきます。そうして春には美しい花々の露店があちらこちらで、旅人の目をなぐさめてくれます。下町と呼ばれるあたりからは、飾らないおばちゃんたちの歯切れのいい早口の言葉が聞こえてきます。

そんな私の心の中に一人の少年が住み着いたのはいつの頃だったでしょうか？　少年は育ち一人歩きをはじめ、やがて、ローマで父と出会います。それがこの物語です。

この本は今は亡き娘が東大時代に一か月間イタリアのフィレンツェに留学し、二十五歳で出版した「フィレンツェ発元気です」（山下香緒里 著・実業之日本社 刊）の時と同じ内田新哉氏に絵をお願いしました。ですからこれは娘の本の姉妹版ともいえそうです。ちなみに編集者だった娘は、この本の出版を心にかけ、あれこれと助言してくれました。

この本が多くの人たちに読まれることを願っています。

二〇一八年　桜の季節に

日野多香子

## 日野多香子（ひの　たかこ）

児童文学作家。東京都出身。著書、『闇と光の中』（理論社）で第10回日本児童文学者協会新人賞、『ふるさとの山河を歌の心に』（PHP 研究所）で第36回サンケイ児童出版文化賞推薦をうけた。なお、2017年には、日本児童文芸家協会より、児童文化功労賞を受賞。著書は、他に『つばさのかけら』（講談社）、『樋口一葉ものがたり』（銀の鈴社）、『七本の焼けイチョウ』（くもん出版）、『羅生門』（金の星社）など多数。他に娘への医療ミスを扱った「大事な娘を医療ミスで失って」（銀の鈴社）がある。現在、桜美林大学アカデミーで児童文学の講座を担当している。

## 内田新哉（うちだ　しんや）

熊本県生まれ。愛知教育大学美術科卒業。麦わら帽子で九州の夏を過ごす。中学で放浪を始め国内、シルクロード、アメリカ、欧州等さすらううち絵を志す。月刊「詩とメルヘン」でデビュー、西オーストラリアのパースに移住し３年過ごす。画集の出版、挿絵、インテリア版画を描き年に一度のペースで個展をする。愛犬ココアと暮らしながら世界各国を旅している。


NDC913
日野多香子　作
神奈川　銀の鈴社　2021
140P　21㎝　A5判（父とふたりのローマ）

鈴の音童話
父とふたりのローマ

定価＝一、六〇〇円＋税

二〇一八年　五月二八日　初版
二〇二一年一一月　一日　重版

著　者―日野多香子©　内田新哉・絵©
発　行―㈱銀の鈴社　https://www.ginsuzu.com
発行人―西野大介
〒248-0017　神奈川県鎌倉市佐助一―一八―二一　万葉野の花庵
電　話０４６７（６１）１９３０
ＦＡＸ０４６７（６１）１９３１

ISBN 978-4-86618-029-8　C 8093
〈落丁・乱丁本はおとりかえいたします〉

印刷・電算印刷　製本・渋谷文泉閣